双葉文庫

蘭方医・宇津木新吾

売笑

小杉健治

目次

蘭方医・宇津木新吾　売笑

第一章　黴毒

一

文政《ぶんせい》十二年（一八二九）十月。

夜が明けきらぬ前に、宇津木新吾《うつぎしんご》は離れの部屋から木刀を持って庭に出た。初冬のひんやりした風に、身内が引き締まる。

武士を捨て、医家として生きる道を選んだが、新吾は体と心の鍛練のために、木刀を振るのを日課にしていた。さらに汗を拭いて部屋に戻ると、今度は小机《こづくえ》に向かって医学書を読む。

新吾の部屋には貴重な書物がある。西洋医学書に西洋の本草書《ほんぞうしょ》の翻訳本、そして、寛政《かんせい》年間に宇田川玄隋《うだがわげんずい》が訳した『西洋医言《せいよういげん》』という和蘭《オランダ》対訳医学用語辞典、さらに養子の蘭学者である宇田川玄真《げんしん》が引き続いて翻訳した『西説内科撰要《せいせつないかせんよう》』、宇田川玄真自身の『和蘭局方』、『和蘭薬鏡《やくきょう》』など。それだけでなく、前野良沢《まえのりょうたく》の『解体新書』もある。

これは明和《めいわ》八年（一七七一）に千住小塚原《せんじゅこづかっぱら》で女囚の人体解剖が行われたのを前野良沢、杉田玄白《すぎたげんぱく》らが見学した。その後、ふたりが中心になって蘭語の解剖書『ターヘルアナトミア』の翻訳にとりかかり、三年後に翻訳書の『解体新書』を発行したのだ。

これらの書物のほとんどは表御番医師《おもてごばん》だった上島漠泉《うえしまばくせん》が所有していたものだ。その他にも新吾の師である吉雄権之助《よしおごんのすけ》が独力で翻訳した蘭語の『外科新書』もある。医学の基礎である蘭語を学ぶために長崎《ながさき》に遊学しているときに新吾が写本したものだ。

母家のほうから御付けのいい匂いが漂ってきた。そろそろ朝餉《あさげ》の支度《したく》が出来るころだ。

「失礼します」

襖《ふすま》が開いて香保《かほ》が顔をだした。目がくりっとしていて、華やかな雰囲気の女だったが、今は落ち着いて初々しい新妻ぶりだった。十八歳である。

「朝餉の支度が出来ました」

「わかった」

新吾は書物を閉じる。

母家に行くと、すでに義父の順庵《じゅんあん》が座っていた。

「おはようございます」

「うむ。おはよう。香保のおかげで、朝餉に出るものものもよくなった」

「あら、私が不味《まず》いものをだしていたような言い方ですが」

義母が順庵を睨《にら》んだ。

「そういう意味ではない。すまぬ」

あわてて、順庵は頭を下げた。

順庵はきょうも朝から機嫌がよかった。

機嫌がいい理由はふたつある。そのうちのひとつが新吾の嫁香保の存在だ。

順庵も香保を迎え、楽しそうだった。香保はシーボルト事件の巻き添えになって表御番医師の地位を奪われた漠泉の娘である。

つい先日まで豪壮な屋敷で何不自由なく暮らしていた香保は今は町医者宇津木新吾の嫁として慎《つつ》ましい日々を送るようになった。

順庵の機嫌をよくしているもうひとつの理由は、表に松江《まつえ》藩お抱えの看板が掲げられたことである。

新吾は乞《こ》われて松江藩多岐川《たきがわ》家のお抱え医師になり、七人扶持《ぶち》をもらうことになった。順庵はたいそう喜び、箔《はく》をつけるためだと、新吾がいやがるのを強引に看板を出したのだ。大名家お抱えというと、世間の目が違うらしく、金持ちの患者が急に増えて、順庵は満足げだった
もっとも順庵は大名家お抱えの医師で満足しているわけではない。やはり、狙いは幕府の医官である。

順庵はもともと表御番医師だった漠泉の娘香保と新吾を結びつけ、漠泉の引きで、御目見医《おめみえい》になる野心を持っていたのだ。当然、新吾には御目見医から御番医までの栄達《えいたつ》を期待していた。

大名の藩医、あるいは町医師から有能なものが選ばれ、公儀の御目見医になる。御目見医になれば、御番医への道も開けるのだ。

そのために、義父は漠泉の娘を娶《めと》わせようとしたのだが、思いがけぬシーボルト事件が起こり、漠泉が失脚し、順庵は当てがはずれた。

順庵は別の表御番医師に近付き、その娘と新吾を結びつけようとしたが、新吾は香保を選んだ。

順庵とすれば、あくまでも表御番医師の娘との縁組を望んでいたのであり、ただの

町医者になり下がった漢泉の娘では思惑が大きく外れることになった。

だが、順庵にとって思いがけぬ朗報が舞い込んだ。新吾が松江藩のお抱え医師に取り立てられたのである。

ここで御目見医になる機会が巡ってきたのだ。順庵にとって形こそ変われ、期待どおりになったのだ。有頂天になる気持ちはわかる。

だが、順庵には話していないが、新吾は単純なお抱え医師ではないような気がしているのだ。

「きょうも患家を何軒かまわらねばならぬな」

飯を食い終わり、茶をすすりながら順庵が顔をしかめて言うが、目は笑っていた。

「ごくろうさまにございます。私も早く帰って手伝います」

新吾は順庵の顔を見た。

「なに、忙しいほうがわしの性に合っている」

今まで、順庵のところは金が高いという評判で、患者が限られていた。新吾が診療に携わるようになって貧しい人々には安く治療をするようにしたが、それでも患者は少なかった。ところが、松江藩お抱えの看板を出したとたん往診の依頼が増えたのだ。

「ごちそうさまでした」

新吾は立ち上がった。

部屋に帰り、外出の支度をし、薬籠《やくろう》を自分の手で持ち、香保に見送られて家を出た。義父は供をつけて薬籠を持たせるように言うが、新吾はまだそんな身分ではないからと断った。

新吾はまだ二十三歳だ。長崎遊学から江戸に帰ったのは去年の三月。それからおよそ一年半、深川常盤町《ふかがわときわ》にある村松幻宗《むらまつげんしゅう》の施療院で働き、幻宗から多くのことを学んだ。だが、まだいかんせん、経験が浅い。

にも拘《かかわ》らず、新吾がお抱え医師に乞われたのにはなんらかの意図があるようだった。そのことを感じながらも、新吾はその話を受けたのだ。

小伝馬町《こでんま》を過ぎ、柳原《やなぎはら》通りを縦断し、神田《かんだ》川を新《あたら》シ橋で渡り、向柳原《むこうやなぎはら》から三味《しゃみ》線《せん》堀に差しかかる。

松江藩の上屋敷は三味線堀の西側にある。

櫓門《やぐらもん》の両側に通りに面して勤番長屋が続いている。

五つ（午前八時）に上屋敷の門を入り、勤番長屋にある医師の詰所に向かう。きょうは殿は登城の日ではなく、勤番の者は役目もなく、まだ眠っている者も多いようだった。

松江藩にはお抱え医師が何人かおり、幕府とだいたい同じような職制だった。殿さまや奥向きを受け持つ近習医《きんじゅい》や、家老、番頭、用人などの上級藩士を診る番医師《ばんいし》、そして下級武士、すなわち勤番長屋に住む江戸詰の藩士及び中間・小者の治療をする平医師と分かれている。

新吾は勤番長屋と中間長屋を受け持つ平医師だが、藩医に乞われたとき、江戸家老の宇部治兵衛《うべじへえ》から殿さまの体調を診て欲しいと頼まれたのだ。

現藩主の多岐川嘉明《よしあき》は二十八歳だが、かなり体に気を使い、毎日朝夕、近習医の診察を受けている。

近習医は三人いる。本道（内科）にふたりと外科だ。にも拘らず、新参者の新吾が殿さまを診察するように言われていることに、新吾は何かの意図を感じている。

だが、この屋敷に出入りをするようになって十日が経つが、まだ殿さまの診察をしたことはない。

新吾の役目は下級武士を診ることだ。江戸定府の家臣、江戸詰の家臣、そして中間・小者所の者たちだ。

松江藩十万石の上屋敷には藩士だけで百名以上、中間・小者などを含めると一千名以上の居住者がいる。

勤番長屋の詰所に新吾が顔を出すと、ふたりの医師が来ていた。前川隆光《まえかわたかみつ》と宮野京安《みやのけいあん》という漢方医で、隆光は三十過ぎ、京安は四十近い。それぞれ元鳥越町《もとどりごえ》と浅草田原町《あさくさたわら》に医院を開いている。

「おはようございます」

新吾は土間で挨拶《あいさつ》をし、部屋に上がった。

ふたりとも軽く頷《うなず》いただけで、親しく挨拶はしてくれない。新参者には素っ気ないのか、こっちが若造だからか、あるいは蘭方医だからか。松江藩の藩医はすべて漢方医であった。隆光は本道、京安は外科ということだったが、新吾はふたりの手助けをするということで本道も外科の仕事も担《にな》うことになった。

しばらくして、組頭の内藤伊兵衛《ないとういへえ》がやって来た。四十近い温厚な武士だ。

「内藤さま。何か御用があると伺いましたが」

前川隆光が伊兵衛に顔を向けた。

「うむ。そのことだが」

伊兵衛は答え、

「その前に」

と断り、新吾に顔を向けた。

「宇津木新吾。ご家老がお呼びである」

「はい」

その刹那、前川隆光と宮野京安の目が鈍く光った。嫉妬《しっと》のこもった目で、新吾を睨む。

「家老屋敷にいらっしゃる」

「わかりました」

新吾はふたりに会釈をし、長屋を出た。伊兵衛は隆光と京安のふたりに何か話があるらしく、ひとりで家老屋敷に向かった。

上屋敷内の御殿の脇に家老屋敷が控えている。

門を入り、玄関に行くと、用人が待っていた。

「どうぞ」

「失礼いたします」

新吾は式台に上がる。

用人は客間に通した。

「すぐ参られる」

そう言い、用人は客間を出て行った。

家老の宇部治兵衛は待つほどのことなくやって来た。

新吾は低頭して迎えた。

「新吾、少しは馴れたか」

治兵衛が声をかけた。

「少しずつでございますが馴れていっております」

新吾はまだ前川隆光と宮野京安からは親しく声をかけられていないことを気にしながら答えた。

「そうか。気に食わぬこともあろうが、辛抱してもらいたい」

「はい」

新吾に松江藩のお抱え医師の話を持ってきたのは、大名屋敷に出入りしている小間物屋の喜太郎《きたろう》だった。

喜太郎の引き合わせで家老の宇部治兵衛に会い、正式に抱え医師の話を聞いたのだった。そのときの話では、毎日朝夕、殿の診察をしてもらいたいということだった。

だが、いざ上屋敷に通いはじめると、新吾は勤番長屋と中間長屋を受け持つ役を与えられた。

だが、新吾はそのほうがよかったと思っている。三人いる近習医に割り込んで、若輩の新参者が藩主の診断をするなど、出しゃばりすぎていると自分でも思うからだ。

「明日から、殿の診察をしてもらいたい」

「ご家老さま」

新吾は即座に口をはさんだ。

「近習医が三人もいらっしゃいます。なぜ、私にそのような大切なお役目を？」

「三人いるが、みな漢方医だ。以前は、村松幻宗がいたが、今は蘭方医がおらぬ。そこで、そなたに頼むのだ」

「なれど、私が殿さまのお体を診ることに他の近習医さまがどう思われるのか」

「確かに面白く思わぬであろう。だが、三人には蘭方医からの見立ても欲しいからだと言えばわかってくれよう」

「おそれながら申し上げます。漢方と蘭方、さらには若輩の新参者、こういう条件が重なれば、決して近習医どのの心中《しんちゅう》は面白くなかろうと存じます」

「三人のお役を奪うわけではない。ただ、そなたの見立てがひとつ加わるだけだ。気にすることはない」

「いえ、そういうものではないと存じます」

「なるほど、何かと不服の種になると申すか」

治兵衛は苦笑し、

「確かに妬《ねた》みが生じるやもしれぬな」

「はい。私は勤番長屋と中間長屋を受け持たせていただくのがふさわしいかと存じます」

新吾はきっぱりと言った。

「老練な蘭方医であれば角が立つが、若輩ならば今の近習医も身構えずに済むかとも思ったが、やはりそういうものではないようだな」

治兵衛は膝をぽんと叩き、

「よし、殿に蘭語の講義をするという名目にしよう」

「蘭語ですか」

「そうだ。殿は西洋の文化にとてもご関心がある。それに、いずれ家臣にも蘭語を教えてもらいたいと思っている。どうだ?」

西洋の文化に関心があるということに違和感を抱いたが、そのことは口にせず、

「近習医どのを欺《あざむ》くことに気が引けますが……」

と、新吾は不安を口をした。

「気にするな。三人の近習医は交代で毎朝夕、殿のお体を診察している。そなたには

昼前に殿のところに伺候《しこう》してもらいたい。登城や外出のときはこの限りではない。あくまでも、殿が屋敷においでになるときのことだ」

「わかりました。前川隆光さまと宮野京安さまにはどのようにお話をしたらよいのでしょうか。新参者の私が殿さまに近づくことになれば、面白く思わないのでは？」

「蘭語の講義で通せばよい」

「わかりました。もうひとつ、お尋ねしてよろしいでしょうか」

「何だ？」

「七年前に蘭方医の幻宗先生が藩医をなさっておりました。そのあと、蘭方医の藩医はいらっしゃらないのですか」

「そうだ」

村松幻宗はここの藩医だったのだ。阿部川《あべかわ》町に医院を開き、松江藩から扶持をもらい、医者を続けてきたのだ。

「なぜで、ございますか。殿さまは西洋の文化に関心があられるのに、なぜ七年間も蘭方医が……」

「たまたまだ。その詮索《せんさく》は無用ぞ」

治兵衛は強い口調になった。

「はっ」

新吾は低頭した。

「明日、そなたを殿に引き合わせよう」

「畏《かしこ》まりました」

新吾は治兵衛の前を辞した。

幻宗は藩主付きの藩医だったが、七年前に突然やめている。やめた理由は誤診で藩主を死亡させてしまったということになっているらしい。

今の藩主嘉明公は亡くなった前藩主の弟だ。

嘉明公が今になって蘭方医を抱えようと思ったのはなぜだろうか。いや、ほんとうに蘭方医が必要だったのだろうか。

蘭方医が必要ならそれこそ老練な蘭方医を招けばいい。なにも若輩の新吾を選ぶことはない。

やはり新吾をお抱え医師に招いたのは、幻宗とのつながりを考えたからではないのか。まさか、七年前の藩主の死が未だに尾を引いているのではないか。そんな不安が襲いかかってきた。

二

家老屋敷から勤番長屋の詰所に戻ると、すでに内藤伊兵衛の姿はなく、前川隆光と宮野京安が引き上げるところのようだった。

「宇津木どの。きょうは急患もないようだ。我らはこれで引き上げる。あとを頼んだ」

前川隆光が細い目を向けて言う。

「はい」

ふたりは毎朝、詰所に顔を出し、前夜のうちに病人が出なければ、すぐ引き上げる。むろん、急病人が出れば呼び出すことになっている。

新吾だけは毎日昼まで詰所に控えることになっていた。

「ご家老は何の用だったのだ？」

宮野京安がえらの張った顔を近づけてきいた。

「殿に蘭語の講義をするようにと……」

新吾は言われた通りの言い訳をする。

「なに、殿に蘭語？」

前川隆光が呆れたように言う。

「そなたは、そのためにお抱えになったのか」

宮野京安も眉根を寄せた。

「よくわかりませんが」

「殿が蘭語に興味を持ちだしたのはあの男の影響か」

「あの男とはどなたでいらっしゃいますか」

新吾は気になってきいた。

そこに、二十七、八歳と思える勤番武士が駆け込んできた。細面の目元の涼しげな顔立ちの男だ。

「どうした、田淵《たぶち》どのではないか」

隆光がきく。

「先生、金谷富十郎《かなやとみじゆうろう》の具合が悪そうなので診ていただけませんか」

田淵と呼ばれた若い武士は隆光に訴える。

「金谷富十郎とは体の大きな男だな。無理して出かけたのではないか」

「いえ、ずっと安静にしていました」

「わしが診るまでもない。宇津木どのに頼もう」

隆光が新吾に言う。

「前川先生か宮野先生に診ていただけないのですか」

田淵は不満そうにふたりを見た。

「もう治りかけていたのだ。この宇津木新吾どのでだいじょうぶだ。宇津木どの、行ってやれ」

「わかりました」

田淵は不安そうな目を新吾にくれた。

「では、こちらへ」

田淵宗一郎《そういちろう》と名乗って、新吾を案内する。新吾は薬籠を持って、田淵のあとに従った。

長屋の西側の奥にある部屋に案内された。宗一郎は書院番組の番士だという。書院番組は藩主に近侍するもので、藩主が外出するときは警護の役割も担う。

部屋で、男が壁に寄りかかっていた。大柄で肩幅の広い男だ。顔も大きく、特に鼻が大きい。田淵と同い年の二十七、八歳ぐらいだ。

「金谷、どうだ？　医者を連れてきた」

田淵宗一郎が声をかけた。

新吾はそばに近寄った。

金谷富十郎の額に汗が出ていた。熱があるようで、顔が火照《ほて》っている。

「どんな具合ですか」

新吾はきいた。

「体がだるくて……」

おやっと、新吾は首の紅《あか》い斑点に気づいた。

「ちょっと失礼します」

新吾は胸をはだけ、体を見た。あちこちに紅い斑点があった。

「紅い斑点が出ています。いつごろからですか」

「ひと月前ぐらいから」

金谷富十郎が苦しげに答える。

「その前に、何か変わったことは？」

「口の中や手に小豆《あずき》大の紅いしこりが……」

「紅いしこりですか。痒《かゆ》みなどは？」

「股に痒みがありました」

「……」

「先生、どうなんですか」

田淵がきく。

「黴毒《ばいどく》（梅毒）かもしれませんね」

「そうです。黴毒です」

富十郎があっさり答え、

「前川先生の手当てで治ってきたと思っていたんですが」

深川常盤町にある村松幻宗の施療院の近くに女郎屋があり、新吾はときたま女郎の往診に行った。ほとんどが黴毒だった。

「治っていません」

「治っていない？　でも、しこりなど消えたんです」

「一時的に症状が消えることがあります」

新吾は富十郎の顔を覗き込み、

「誰かから伝染《うつ》されましたね。心当たりはありますか」

「提《さ》げ重《じゅう》の女だな」

宗一郎が横合いから言う。

重箱に餅《もち》や饅頭《まんじゆう》を入れて売り歩きながら春をひさぐ女だ。勤番長屋に住む勤番武士を相手に商売をすると聞いたことがあった。

「今も、そういう女が出没しているのですか」

今はほとんど見られない売笑婦《ばいしようふ》だ。

「三月《みつき》ほど前に長屋の前を通りました」

宗一郎が顔をしかめて言う。

「ひとりですか」

「ひとりです」

宗一郎が答え、

「金谷はその女に伝染されたんです」

と、顔をしかめて言う。

「そうなんですか」

「たぶん」

富十郎が頷く。

「で、その女を買ったのはあなただけなのですか」

「いや、おれだけではない」

「提げ重の女を買った方は他にもいるんですね」

新吾は確かめる。

「俺は買ってない」

宗一郎はむきになって言った。

「他に買ったひとはわかりますか」

「天見《あまみ》鉄之介《てつのすけ》と正木《まさき》仁太郎《じんたろう》だ」

富十郎が答える。

「ふたりとも感染しているかもしれません」

「天見は一時顔色が悪かったが、近頃は元気だ。ただ、正木は俺と同じように具合悪そうだった」

富十郎が答える。

「天見さまは一時的に症状が消えているだけかもしれません。よくなったと思っても、菌がいなくなったわけではないので。もし、妻女どのがいたら、妻女どのに伝染してしまいかねません」

「……」

富十郎は息を呑んだ。

「天見さまと正木さま、おふたりだけですか。もしかしたら、他にもいるかもしれませんね。黴毒にかかっていたら、このように紅い斑点が出ます。もし、具合が悪いお方がいたら肌を調べてください」

宗一郎に頼んだ。

「わかりました」

宗一郎は頷く。

「いったん帰って薬を調合し、また戻ってきます」

「先生、治りますか」

富十郎が泣きそうな顔になってきいた。

「心配いりません」

「国に許嫁《いいなずけ》がいるんです。来年、帰ったら祝言を挙げることになっています」

「手当てをすれば治ります。それより、提げ重の女も心配です。どうか、その女の居場所を探る手掛かりを思いだしてください」

新吾はそう言い、上屋敷を出て行った。

黴毒の治療で、流行《はや》り医者になったのは杉田玄白であった。

前野良沢とともに『解体新書』を発行して名を広めた玄白は、黴毒の罹患者が多いことに気づき、黴毒を治すことに専念しようとしたのである。

安永《あんえい》四年（一七七五）に来日したオランダ商館付き医師ツュンベリーは当時日本に蔓延していた黴毒の治療法を吉雄耕牛に伝授した。それが「スウィーテン水」といわれる水銀水療法だった。

この治療法を玄白は吉雄耕牛から伝授されて江戸で実践し、飛躍的に黴毒を治癒したのである。

長崎遊学で新吾が師事していた吉雄権之助は吉雄耕牛の妾《めかけ》の子だった。そのことから、吉雄耕牛の『紅毛秘事記《こうもうひじき》』の写本を新吾は持っており、この中に水銀水療法について記されている。

この水銀水療法は薬の配合によっては危険を招くこともあり、毎日の投与の量などに細心の注意がいった。

この水銀水療法については幻宗からも教示を受けていた。深川常盤町にある幻宗の施療院の近くに女郎屋が数軒並んでいて、新吾はそこの女郎の黴毒を何人も治療したことがあった。

日本橋小舟町《にほんばしこぶなちょう》にある宇津木医院に戻り、新吾は薬を持って上屋敷にもう一度向かった。

翌朝、新吾は医者の控えの間で、前川隆光と宮野京安がやって来るのを待った。

先にやって来たのは前川隆光だった。

「前川先生、金谷富十郎さまは黴毒に罹っておられたのですね」

「そうだ。黴毒だ」

「あとふたり」

「うむ。いちおう手当てをした。あとは本人たちの回復力に期待するしかない」

「しかし、また具合が悪くなっています」

「気にすることはない」

「えっ？」

「また治まる。それまでの辛抱だ」

「でも」

「金谷富十郎の黴毒はわしが薬を投与して治った。そなたが黴毒と見立てたのは、完全に消えていないしこりがあったからであろう」

「いえ。黴毒は治っていません。一時的に、症状が消えていただけです」

「わしの診断に文句をつける気か」

　隆光は口元を歪《ゆが》めた。

「いえ、そういうわけではありませんが」

「よいか。黴毒は命に別状があるわけではない。黴毒は一生付き合っていくしかないのだ。その覚悟を植えつけさせればよい。いたずらに騒ぎ立てるな」

　新吾は啞然《あぜん》とし、

「でも、国元に帰るまでに完治させないとなりません。このままでは妻女どのにも感染させてしまいます」

　と、反発した。

「それは自業自得だ」

「そんな」

　それでも医者ですかという言葉が喉元まで出かかった。

「なんだ、その顔は？　何が言いたいのだ？」

　隆光は眦《まなじり》をつり上げる。

「いえ、ともかく、金谷富十郎さまの治療をさせてください。また、天見鉄之介さま、正木仁太郎さまにも治療をせねばなりませぬ」

新吾は訴え、さらに、

「他に黴毒に罹ったひとがいるかどうか調べを……」

「そなたは我らがしてきたことにけちを付ける気か」

隆光は語気を強めて言う。

「どうなさったな」

土間に、宮野京安のえらの張った顔が現れた。

「京安どの。この御仁が、黴毒についてうるさいことを話しているのでな」

「きのうの金谷富十郎のことか」

京安は部屋に上がってきてきく。

「そうです。黴毒が治っていないと騒ぎ立てているので、そんなに大騒ぎするようなものではないと諭していたところです」

隆光は蔑《さげす》むように言う。

「宇津木どの。黴毒には効く薬などないのだ。聞くところによると、蘭方には水銀水療法というものがあるそうだが、水銀の中毒に罹る危険も大きいそうではないか。そんな危険なもの、薬とは言えまい」

京安が隆光の加勢をした。

「そうだ。黴毒とはうまく付き合っていけばいい。途中で進行が止まり、新たな症状が出ないことも多い」

隆光は平然と言う。

「しかし、進行すれば……」

「もうよい、そなたと言い合っても仕方ない」

隆光は新吾の言葉を遮《さえぎ》った。

「で、そなたはどうしようと言うのだ？」

京安がきいた。

「私なりの治療をさせていただきたいのですが」

新吾は了解を得ようとする。

「治せると言うのか」

「なんとか治したいと思います」

「なんとかではない。必ずや治せるのだな」

隆光は迫った。

「どうなのだ？」

「治してみせます」

「よし。では、そなたのお手並みを拝見しよう。もし、治せぬときは……。まあ、いい。好きにせい」

隆光はうるさそうに答えた。

新吾は金谷富十郎の部屋に向かった。

富十郎は起きていたが、胸をはだけ、しこりを気にしていた。

「先生、これも消えましょうか」

富十郎はすがるようにきく。

「来年、国に帰るまでにどうしても治したいのです」

「だいじょうぶですよ」

薬を呑ませてから、

「ところで、天見鉄之介さまの部屋はどこですか」

と、新吾はきいた。

「隣です」

「今、いらっしゃいますか」

「さっき出かけるとか言ってましたけど。両国《りょうごく》広小路の小屋に出ている娘《むすめ》浄瑠璃《じょうるり》に魅せられているんです」

「天見さまはなんともないんですか」

「治ったようです」

「念のために、診せてください」

ほんとうに治ったのか、あるいは症状が出ていないだけなのか、わからない。

富十郎が隣との壁を叩いた。

「まだ、いるようです」

「じゃあ、行ってみます」

「来ますよ」

富十郎が言ったとき、戸が開いて長身の武士が入ってきた。細面のにやけた感じの男だった。富十郎と同い年頃の二十七、八歳だ。

「うむ？」

新吾を見て、にやけた感じの侍が眉根を寄せた。

「医者か」

「天見、今度、お抱えになった宇津木先生だ」

「宇津木新吾です」

新吾は挨拶をする。

「天見、具合はどうだ？」

富十郎がきく。

「だいじょうぶだ」

「診察させていただけますか」

「いい」

鉄之介が拒んだ。

「なぜ、ですか」

「治った」

「ほんとうに治ったかどうか……」

「だいじょうぶだ」

鉄之介は取り合おうとしなかった。

斑点のようなものが喉の辺りに見えるが、それ以上、踏み込むことは出来なかった。

「天見さまも提げ重の女を買われたのですね」

新吾は鉄之介にきいた。

「ああ」

「提げ重の女がどこに住んでいるのかわかりませんか」

「わからない。長屋の外を通り掛かったのを呼び止めただけだからな」

　鉄之介は興味なさそうに言う。

「名は？」

「おりんとか言っていた」

　鉄之介が答える。

「歳は？」

「二十四歳だ」

「何度も会っているんですか」

「一時は毎日のようにやって来ていたからな」

「どんな感じの女でしたか」

「色の白い、細身のきれいな女だった」

「肌を合わせたとき、しこりや痣《あざ》に気づきませんでしたか」

「いや、暗くしてくれというので、気づかなかった」

「他のお方もおりんという女と？」

「おりんは不思議な女でな。俺と金谷、正木の三人以外は相手にしなかった」

「なぜですか」

「わからぬ。好みの男だけというわけでもなさそうだった」

富十郎は首を傾《かし》げた。

「最近は?」

「もうふた月以上も、顔を見せていない」

「どうしたんでしょう?」

「さあ」

「おりんという女を捜す何か手掛かりはありませんか。話の中で、どこか土地の名だとか、出ませんでしたか。なにしろ、治療していればいいのですが、それでないと……」

新吾は心配になった。寝込んでいるのではないか。

「おりんの居所がわかったら、黙ってはいない」

鉄之介が顔をひん曲げて、

「あの女のために、こっちもひどい目に遭った。今度会ったら、痛めつけてやる」

と、憎々しげに言った。

別の場所でも商売をしていたら、黴毒の罹患者をたくさん増やしていることになる。治療してくれていることを祈るしかなかった。

「正木仁太郎さまの部屋に案内していただけませぬか」

新吾は頼んだ。

「天見。案内してやってくれ」

富十郎が気だるそうな声で言う。

「わかった。こっちだ」

いったん、外に出て、鉄之介は西の端にある部屋の戸を開けた。

「正木、いるか」

土間に入り、鉄之介は声をかけた。

「なんだ」

同じ年頃の侍が寝そべって合巻を読んでいた。どうやら春本らしい。

「また、そんなものを読んでいるのか。好きだな」

「貸本屋の小助《こすけ》が新しいものを持って来てくれたんだ。他にすることもないからな」

そう言いながら、仁太郎は体を起こし、新吾のほうに目をやった。

「誰だ?」

「新しくきた医者だ。そなたの黴毒を診たいそうだ」

新吾は土間に立ったまま、

「宇津木新吾です。少し、拝見させていただいてよろしいでしょうか」

と、声をかけた。

「診ても無駄だと思うが」

仁太郎はいかつい顔をしていて、合巻などに夢中になるような男には見えなかった。中肉中背《ちゅうにくちゅうぜい》だが、肩が盛り上がっていた。

「失礼します」

新吾は部屋に上がって、仁太郎の傍に行く。

「何か症状は？」

「ずっと気だるい。それより、股が痒く、体のあちこちに出来たしこりが気になってならない。あの抱え医者が言うように、黴毒とともに生きていくしかないと自分に言い聞かせているところだ」

やはり、同じ時期に感染しているので、富十郎と同じような経過を辿《たど》っているようだ。

「これから、薬を投与していきます。必ず、治ります」

「気休めはよせ」

「気休めではありません。ところで、提げ重のおりんという女の居場所を知りませんんか」

「きいたが、教えてくれなかった」

「そうですか」

新吾は薬を呑ませた。

「これからしばらくは、薬を呑んでいただきます。この薬は黴毒に効きますが、副作用もございます。何か体調に異変があれば、すぐ知らせてください」

「わかった」

「それから、当面は女子《おなご》と接することはお控えください」

「ますます退屈だな」

仁太郎は顔をしかめた。

傍らで、天見鉄之介は不安そうな顔をしていた。

「天見さまもお薬を……」

「俺はいい。このままで不自由はない。さあ、俺は出かけてくる」

「両国広小路か」

「まあな」

鉄之介は土間を出て行った。

「あなたと金谷さま、天見さまはお親しい間柄なのですか」

「国元の剣術道場で松江の三剣客と言われている。剣のおかげで書院番組の番士に抜《ばっ》擢《てき》されたというわけだ」

仁太郎は少し自慢そうに言った。

「殿さまが外出のときはお供をしなければならないのですね」

「そうだが……」

仁太郎はため息をついた。

「では、また明日往診に参ります」

新吾は詰所に戻って、家老からの呼び出しを待った。

三

昼前、家老の使いが来て、新吾は御殿の玄関に向かった。

家老の用部屋に案内されて、そこから治兵衛に連れられて黒光りのする廊下を進み、新吾は藩主多岐川嘉明がいる御座の間に赴《おもむ》いた。

次の間に控え、上の間の一段高い場所に座っている嘉明の前で平身低頭した。嘉明は脇息《きょうそく》にもたれていた。

「蘭方医宇津木新吾をお連れしました」

治兵衛が嘉明に引き合わせる。

「宇津木新吾にございます」

新吾は頭を下げたまま名乗った。

「宇津木新吾、面を上げよ」

「はっ」

新吾は顔を上げ、嘉明と顔を合わせると、再び畏れ多いというように低頭した。一瞬見た嘉明は額が広く、聡明そうな顔をしていた。だが、なんとなく憂鬱そうな表情が気になった。

「新吾、もう一度、面を上げよ」

「はっ」

新吾は再び顔を上げた。

「うむ、よき面構えだな」

嘉明は満足そうに頷き、

「治兵衛からなんときいた？」

と、問いかけてきた。

「蘭方医として、殿さまのお体の様子を診ることにございます」

「うむ」

嘉明は頷く。

「よし。だが、わしは近習医に毎朝夕診てもらっているので、その必要はない」

新吾は治兵衛の顔を見た。

治兵衛はすましている。

「だが、そのほうは毎日、この時間にここに来るように」

嘉明は命じる。

「恐れながら、私はなにをすればよろしいのでしょうか」

「ただ、来ればよい」

「新吾どの」

嘉明の脇に控えていた近習の若い武士が声をかけた。

「私は高見左近《たかみさこん》と申します。これからは、昼までに中の間でお待ちください。私がお迎えにあがります」

「はい」

高見左近は色白で切れ長の目をした女のような顔だちの武士だった。

「では」

嘉明は立ち上がった。

新吾は平身低頭した。

引き上げた気配に顔を上げると、嘉明や近習の武士の姿はなかった。

「ご家老さま」

新吾は声をかけた。

「殿さまの診察はしないでよいということですか」

「そのようだな」

「でも、ご家老は……」

新吾の声を遮り、

「殿には殿のお考えがあるのだ」

と、治兵衛は涼しい顔で答えた。

御殿の玄関を出て、新吾はもう一度、勤番長屋の金谷富十郎の部屋に行った。

富十郎は起きあがって連子窓《れんじまど》から外を見ていた。

「外に出たいのですか」

新吾が声をかけると、富士郎は振り返った。

「ずっと部屋の中では気が滅入る」

富士郎が答える。荒い呼吸はいくぶん治まっているが、体はだるそうだった。

「いかがですか」

新吾は声をかける。

「少し楽になったような気がします」

横になったまま、富士郎が言う。

「また、明日参ります」

「はい」

「それから田淵さまの部屋はどちらでしょうか」

「天見の部屋の向こう隣です」

「わかりました」

田淵宗一郎の部屋に行くと、客が来ていた。

「失礼しました」

「いえ、先生、何か」

「天見さまにお伝え願えますか。天見さまは外出したようで、元気そうに見えますが、いつ症状が出るかわかりません。今は症状がはっきり現れていないだけなんです。田淵さまからも診察を受けるように話していただけませんか」

「わかりました」

「あっ、先生。お引き合わせしましょう。貸本屋の小助さんです」

「どうも、小助です」

額が広く、愛嬌のある顔だった。三十歳ぐらいか。

「なにしろ勤番者は暇ですからね。殿が外出するとき以外はすることがありません。江戸に来た当初は物珍しくあちこち歩き回ったものですが……」

宗一郎は自嘲《じちょう》ぎみに言い、

「だから、貸本屋が来るのはありがたいことなんです。こうやって話し相手にもなってくれますからね」

「へえ、皆さんにごひいきいただいて、こちらこそありがたく存じています」

小助は如才《じょさい》がなかった。

「宇津木新吾です。このお屋敷に出入りをするようになって、まだ十日あまり。右も左もわかりません。よろしくお願いいたします」

「へえ、こちらこそ」

「では」

ふたりに挨拶をして、宗一郎の部屋を出た。

昼前まで詰所で過ごし、新吾は顔なじみになった門番に挨拶をして松江藩の上屋敷を出た。

二階建瓦《かわら》葺《ぶ》きの勤番長屋の前を通る。塀の下は海鼠壁《なまこかべ》でその上は塗塀。連子窓が等間隔に並んでいる。

新吾は金谷富十郎の部屋の下辺りまで行った。三月前におりんという女が連子窓に向かって呼びかけていたのだろう。それを富十郎らが窓から声をかけて部屋に招いたのだ。

そして、金谷富十郎、天見鉄之介、正木仁太郎の三人がおりんと情交を結んだ。一度や二度ではないようだ。

その頃は頻繁に来ていたが、あるときからぱたっと来なくなったという。新吾はそこに不吉なものを感じる。

おりんはかなり黴毒が進んでいたのではないか。痛みに苦しんでいるのではないか。

そんなことを思い、胸を痛めながら、新吾は上屋敷を離れた。

向柳原から新シ橋に差しかかったとき、新吾は立ち止まった。三味線堀からずっとつけてきている者がいた。

振り返ると、饅頭笠《まんじゅうがさ》に裁《た》っ着《つ》け袴《ばかま》の武士が近づいてきた。

「間宮《まみや》さま」

公儀隠密の間宮林蔵《りんぞう》だった。シーボルト事件絡みで、幻宗を追っていた。が、幻宗が無関係とわかったあとは、別のことで動いているようだった。

「宇津木どのは松江藩に出入りをしているのか」

林蔵は不思議そうにきいた。

「はい」

新吾は答えたあと、

「間宮さまは松江藩上屋敷を探っていらっしゃるのですか」

と、驚いてきいた。

「そういうわけではない」

林蔵は否定してから、

「宇津木どのはなぜ松江藩に？　幻宗の世話でか」

と、確かめた。

「いえ、違います」

「幻宗の世話ではないのか」

「はい。幻宗先生も松江藩からの誘いに驚いていらっしゃいました」

「では、どういう縁で？」

「よくわからないのです。ただ、ご家老に乞われて……」

「家老というと、宇部治兵衛どのか」

「はい。ご家老をご存じですか」

「名前だけだ」

間宮林蔵は考えこんで、

「藩主嘉明公の診療をするのか」

「いえ。近習医がいらっしゃいますから。私は勤番長屋と中間長屋の受け持ちです」

「では、藩主と会う機会は？」

「まだ、わかりません」

新吾は答える。蘭語を教えるという口実でこれからも嘉明公に会うということは黙っていた。

林蔵は少し考えこんでいたが、

「呼び止めてすまなかった」

と言い、引き返そうとした。

「待ってください」

新吾は引き止めた。

「何か」

林蔵は振り返った。

「間宮さまは松江藩上屋敷を探っていらっしゃるのですか」

新吾は改めてきいた。

「いや、そうではない」

「では、なぜ上屋敷の近くにいたのですか。間宮さまは七年前、幻宗先生が藩医をやめたわけをご存じでした。間宮さまは、その頃から松江藩に目をつけておられたのですか」

幻宗は藩主付きの藩医だったが、七年前に突然藩医をやめている。やめた理由は誤診で藩主を死亡させてしまったということになっているらしい。

だが、間宮林蔵はその噂《うわさ》を否定した。

当時の松江藩の藩主は暴君で、領内の百姓は過酷な年貢取り立てなどでかなり困窮していた。そのため家臣の中には別な藩主を立てようという動きがあったという。そういうとき、藩主が急死したのだ。公儀には病死として届けがされたが、実際は毒死だったのではないかと、間宮林蔵は見ていた。

毒を盛ったのは藩主の弟である嘉明公の一派ではないかという噂が流れた。もし、そのような噂が広まれば家中の混乱を招き、ご公儀が乗り出してくるかもしれない。そのため、幻宗は自ら汚名を着て、藩医をやめた。これにより、騒動は治まり、公儀の介入を防ぐことが出来た。

「間宮さまは、幻宗先生は御家を守るために汚名を着たと仰っていましたね」

「……」

「もし、毒殺の噂が正しければ、今の嘉明公が実の兄の藩主を毒殺したということになります。幻宗先生は御家を守ると同時に嘉明公を守られたということでしょうか」

「幻宗は松江藩から感謝されているか」

林蔵が逆にきいた。

「いえ。松江藩との縁は完全に切れているようです」

「幻宗が藩を救ったのであれば、松江藩は幻宗に恩を感じていいはずだ。それがないのはなぜだ?」

「幻宗先生は自ら汚名を着て、藩を救ったのではないということですか」

「いや、真実を知っているのは一部の者だけかもしれぬ」

「一部の者とは誰でしょうか」

「わからぬ。宇津木どの、また会おう」

「待ってください。毒殺というのは本当なのでしょうか。幻宗先生は毒殺ではないと
……」

「毒殺ではなかったら、幻宗が誤診をしたことになる」

「……」

「深入りせぬがいい」

そう言い、間宮林蔵は足早に去って行った。

新吾は啞然として林蔵を見送った。

間宮林蔵の話がどこまで真実を突いているのか。

嘉明公に会った限りでは、兄を殺して御家を乗っ取った非道《ひどう》な人間には見えなかった。それとも、嘉明公を推す者たちの仕業で、嘉明公は知らないことなのか。

しかし、毒殺が嘉明公一派の仕業だとしたら、間宮林蔵が言うように幻宗は嘉明公一派にとっても恩人ということになる。

だが、松江藩が幻宗に対して恩を感じているようにも思えない。真実を知っている

のが一部の者だとしたら、それは誰だろうか。すっきりしないまま、新吾は新シ橋を渡り、日本橋小舟町にある家に向かった。

家に帰ると、ちょうど往診から帰った順庵といっしょになった。

「ごくろう」

順庵は相変わらず機嫌がいい。往診先でもいい待遇を得たのだろうか。

部屋に上がってから、

「どうだ、松江藩の居心地は？」

と、順庵がきいた。

「まあまあです」

新吾は当たり障《さわ》りなく答える。

新吾は何か違和感を持ち続けている。嘉明公はなんのために自分を呼びつけたのか。

そもそも、新吾が松江藩のお抱えになった経緯《けいい》にも腑《ふ》に落ちないことが多い。

まず、不可解な点は、まだ若輩であり修業中の身であるにも拘わらず、なぜ藩医にしようとしたか。最初に新吾に声をかけてきた小間物屋の喜太郎は往診中の新吾を見て気に入ったと言ったが、往診中の姿から医者としての技量がわかるはずはなく、別の理由があるはずだ。

技量についても幻宗の弟子に当たるから問題ないというが、家老の治兵衛はこの件で幻宗に話を通していないのだ。それどころか、幻宗に反対されるといけないからという理由で、藩の名は伏せられていたのだ。

勤番長屋と中間長屋の診療を任されるだけなら納得がいくのだが、なぜ新吾は嘉明公に招かれるのか。考えれば考えるほど、腑に落ちないことばかりだ。

ひょっとして、狙いは幻宗であって、新吾はだしに使われているだけなのか。そんな考えにも陥《おちい》る。

「どうした？」

「えっ？」

順庵の声にふと我に返った。

「考え事をしているな」

「すみません。じつは」

とっさに言い訳を思いついた。

「勤番武士が黴毒に罹ったのですが、おりんという提げ重の女に伝染されたらしいのです。このおりんが心配なのです。かなり、黴毒は進行しているのではないかと思われます」

「提げ重の女か」

順庵は首を傾《かし》げながら呟く。

「三月ぐらい前には頻繁に現れていたのに、このふた月、まったく姿を現さなくなったそうです」

新吾は経緯を簡単に話し、

「そういう噂《うわさ》は聞いたことはありませんか」

と、きいた。順庵は患家でも、女郎買いの話をあけすけに話すようだ。患家の誰かからそれらしき話を聞いている場合もあり得ると思った。

「ないな。第一、今どき、提げ重などという売笑婦なんて流行らない」

「そうですね」

「その侍、夜鷹を買って病気をもらったのを隠しているのではないか」

「いえ、どちらも同じようなものだとは思いますが……。それにおりんを買った三人が揃って罹患しているのですから、おりんから伝染されたとみて間違いないと思います」

「うむ。おりんが気になるが、捜すのは難しい。それに、黴毒に罹っている女は他にもたくさんいるだろう。器量がいいとなると、夜鷹とも思えぬしな」

「夜鷹ではない……」

新吾は順庵の言葉から何か閃《ひらめ》きかけた。

順庵はすでに今のことに関心が失《う》せたように、

「それより、本町《ほんちょう》にある木綿《もめん》問屋の主人から往診の依頼があった。大名お抱え医師の威力はたいしたものだ。往診先での待遇もまったく違う」

と、話を変えた。

おりんのことに思いを馳《は》せ、新吾は順庵の声を聞いていなかった。

四

翌日の朝、新吾は松江藩上屋敷に向かった。いつものように新シ橋に差しかかったとき、神田川の下流のほうに人だかりがしていた。

新吾の目に同心の津久井半兵衛《つくいはんべえ》の姿が飛び込んできた。川っぷちに誰かが横たわっていた。侍のようだ。

新吾は半兵衛のところに近づいた。

「津久井さま」

新吾は声をかける。

「宇津木先生ですか」

半兵衛は四十歳ぐらい。鋭い顔だちだが、切れ長の目はやさしそうだ。

「何があったのですか」

「殺しです」

「殺し？　お侍のようですね、刀で」

「いえ、匕首《あいくち》で胸や腹を何カ所も刺されていました」

半兵衛は言う。

「匕首ですか」

「殺されたのは昨夜のようです。まだ、ホトケの身元はわかっていません。そうだ、宇津木先生、ちょっとホトケを検《あらた》めていただけませんか。いずれ検死与力が参りますが」

「かまいません」

新吾は請け合い、ホトケに近づいた。

土気色の顔を見て、新吾はあっと声を上げた。

「これは……」

「宇津木先生、ご存じなのですか」

「ちょっとお待ちを」

新吾はしゃがんで合掌《がっしょう》してから喉の脇や胸の紅痣を見た。

新吾は立ち上がり、半兵衛に顔を向け、

「このお方は松江藩の正木仁太郎さまです」

「松江藩ですか。すぐ、使いをやります」

半兵衛は小者に松江藩上屋敷に伝えるように命じた。

新吾はもう一度、正木仁太郎の亡骸《なきがら》を見た。刀は半分鞘《さや》から抜けていた。不意を突かれたようだ。

まず、脇腹を刺され、刀の柄に手をかけたが、すぐ第二の攻撃が腹部を襲い、よろけたところに喉を突かれ、そして仰向けに倒れたところを心ノ臓目掛けて二度突き刺されている。執拗《しつよう》な攻撃だ。

「財布はありましたか」

新吾は半兵衛にきく。

「ありました。物取りとは思えません」

「こんなに何度も突き刺しているのは恐怖心からか、それとも恨みからか」

正木仁太郎がそんなに恨まれているとは信じられないが、物取りとも思えない。あとは半兵衛の探索に任せるしかなかった。

「この正木仁太郎さまは黴毒に罹っていました」

「黴毒？　では、あの紅痣は？」

「黴毒のせいです」

「そうでしたか」

「国元の道場では松江の三剣客と言われたひとりだそうです。こんなにあっさり斬られるなんて。何かわかったら教えていただけますか」

「わかりました」

新吾は半兵衛と別れ、新シ橋を渡った。途中、駆けてくる数人の武士とすれ違った。

勤番長屋の詰所に行くと、前川隆光が来ていた。宮野京安はきょうは非番だ。

「遅いではないか」

隆光が不機嫌そうに言う。

「じつは、新シ橋の近くで正木仁太郎さまが殺されていました」

「なに、正木仁太郎どのが？」

「はい。匕首で何カ所も突き刺されておりました」

「いったい何があったのだ」

隆光は不安そうに言った。

「わかりません。では、金谷さまのところに行ってみます」

新吾は立ち上がった。

いったん、外に出て長屋の前を通る。知らせがあったのだろう、侍たちが外に出て騒然としていた。

金谷富十郎の部屋の戸を開け、土間に入る。

天見鉄之介も来ていて、富十郎とふたりで連子窓から外を見ていた。

「失礼します」

新吾は声をかけた。

ふたりは窓から離れた。

「来る途中、正木さまの亡骸と対面してきました」

新吾が言うと、鉄之介が眉根を寄せ、

「何があったのだ？」

と、突っかかるようにきいた。

「匕首で何カ所も突き刺されていました」

「匕首だと？」

「はい。刀を抜きかけていましたが、鞘に収まったままでした。不意を突かれたのだと思います」

「誰にやられたのかまだわからないのですね」

富十郎がきく。

「探索はこれからです」

「正木がそんな簡単に殺《や》られるなんて信じられぬ」

鉄之介が憤然と言う。

「黴毒のために熱があり、体がだるくてとっさの反応が鈍くなっていたのではないでしょうか」

「それにしても、正木が殺られるなんて」

富十郎もやりきれないように言う。

「きのう、正木さまはどこに行かれたのでしょうか」

「わからぬ。夜、田淵も交え、この部屋に集まることになっていたが、正木だけが来なかった。部屋に様子を見に行ったら、いなかったんだ」

「皆さんに内緒で、ひとりで外出することはこれまでにもあったのですか」

「ありません」

富十郎は否定したが、鉄之介は目を細め、

「まさか、夜鷹を買いに行ったのではないだろうな」

「今までも夜鷹を買ったことが？」

「いや、ない。ただ、最近、病気のこともあって気分が塞いでいたので憂さ晴らしに出かけたとも考えられる」

「夜鷹を買いに行き、そこで何か問題が起こったのだろうか」

富十郎は呟く。

「確かに柳原の土手は夜鷹が出没するようです。でも、女を買えば、相手に黴毒を伝染してしまうことは承知していたはずですが」

新吾は納得しかねた。

「さあ、金谷さま診察を」

新吾は声をかけた。

昼前になって、新吾は御殿の玄関から藩士が勤める用部屋を過ぎ、家老の用部屋の前にある中の間に入った。

殿に目通りを願う者はここで待つのだ。何人もの武士が控えている。新吾は部屋の隅でじっと待っていた。

やがて、高見左近が現れ、新吾を名指しで呼んだ。

「宇津木新吾どの」

「はっ」

新吾はすぐ応じた。

「どうぞ」

「はい」

新吾は立ち上がり、御座の間に向かった。

御座の間の下の間に腰を下ろした。上の間の藩主の席にまだ嘉明は来ていなかった。

そこで待っていると、ようやく高見左近とともに嘉明がやって来た。新吾は平身低頭し、嘉明が席に落ち着くのを待った。

「宇津木新吾、面を上げよ」

嘉明が口を開く。

「はっ」

新吾は顔を上げ、再び伏せる。

「宇津木どの。お顔を」

高見左近が声をかけた。

「はい」

新吾は体を起こし、嘉明に顔を向けた。

「それでは殿に成り代わり、私から問いかけます」

高見左近が居住まいをただし、

「いつまで、長崎にいたのか」

と、いきなり切り出した。

「はっ、去年の三月までおりました」

顔は嘉明に向けて答える。

「どのくらいいたのだ？」

質問のときだけ、左近を見る。

「はい。五年近くおりました」

「師は誰か」

「はい。吉雄権之助先生です。父上さまは蘭通詞の吉雄耕牛さまにございます」

吉雄耕牛はオランダ流医学を学び、家塾『成秀館《せいしゅうかん》』を作って蘭語と医学を教えた。

「数多くの門人の中で高名なのは江戸蘭学の祖と言われております杉田玄白さまにご

ざいます」

「杉田玄白か」

嘉明が呟いたのが微かに聞こえた。

その杉田玄白が伝えた黴毒の水銀水療法で今、家臣の金谷富十郎さまらを治療していますとは言えなかった。

そしてもうひとつ、江戸での師である村松幻宗もまた耕牛の私塾で修業を積んで来たのだが、幻宗の名を出すのはためらわれた。

「シーボルト先生の教示は受けたのか」

高見左近の問いかけが続く。

どうやらシーボルト事件のことも知っているようだ。

「はい。吉雄権之助先生の計らいで、シーボルト先生の『鳴滝塾《なるたきじゅく》』に通いました」

シーボルトは、ドイツ南部ヴュルツブルクの名門の家に生れ、ヴュルツブルク大学で内科・外科・産科の学位をとり、オランダ陸軍外科少佐に任官。

そのシーボルトが出島商館医として長崎にやって来たのは六年前の文政六年（一八二三）七月のことだった。二十七歳である。

シーボルトは『鳴滝塾』を作り、週に一度、出島から塾にやって来て医学講義と診療をはじめた。全国から医学・蘭学者が『鳴滝塾』に集まって来た。

　長崎にはいくつかの医学塾があったが、その塾生も週に一度、『鳴滝塾』に行き、シーボルトの講義を受けた。

「『鳴滝塾』にいた門人の中には知り合いはいるのか」

「当時はお顔を拝見しただけでしたが、江戸にて再会し、親しくさせていただいたお方はいらっしゃいます」

「誰だ？」

「はい、高野《たかの》長英《ちょうえい》さま、伊東玄朴《いとうげんぼく》さまにございます」

「ところで……」

　左近は言いさし、嘉明に顔を向けた。嘉明は何か答えた。

　左近は新吾に顔を戻し、

「次回にしよう。宇津木新吾、ごくろうであった」

「はっ」

　平身低頭している間に、嘉明は下がって行った。

　新吾が顔を上げると、高見左近が近づいてきて、

「宇津木どの、ご苦労でございました」

「高見さま、お尋ねしてよろしいでしょうか」

「何か」

「殿さまは何をお聞きになりたいのでしょうか。私の長崎遊学のときの話とは思えないのですが」

「殿は異国のことに興味をお持ちです。その一環ですから、素直にお話しなさるがよいでしょう」

「もうひとつ」

　新吾は膝を進め、

「殿さまは私が村松幻宗の弟子であることはご存じなのでしょうか。幻宗先生の名を出しても差し障りないのでしょうか」

　幻宗の弟子だと知っているのは家老の宇部治兵衛だけで、嘉明公にはその話はしていないのではないかと思った。

「ご存じでいらっしゃいます。おそらく、次回は新吾どのが江戸に帰ってからのことをお尋ねになると思います」

「高見さまの問いかけは殿さまのものと受け取ってよろしいのでしょうか」

「そうです。殿のそばに控えているときに私が口にすることは殿のお言葉と思っていただきたい」

「わかりました。もうひとつ、幻宗先生が七年前に藩医をおやめになった理由も、殿さまはご存じでいらっしゃるのですね」

「新吾どの。御座の間にいつまでもいるのはいかがか」

　高見左近が新吾の声を制した。

「申し訳ございません」

　新吾は立ち上がり、御座の間から廊下に出たが、左近は七年前の話題から逃げたのではないかと思った。

五

　勤番長屋の詰所に戻ると、前川隆光が引き上げるところだった。

「殿のところか」

　隆光は口元を歪めた。

「はい。僅かな時間でございましたが」

「殿に目をかけられるとはうらやましい御仁だ」

「いえ、目をかけられているとは思いません」

「よいよい。それより、正木仁太郎の亡骸が帰って来た。そなたも線香を上げてきたらどうだ？」

「わかりました。さっそく」

新吾は仁太郎の部屋に行った。

仁太郎は北枕で寝かされていた。頭の上に逆さ屏風《びょうぶ》、経机《きょうづくえ》の上で線香の煙が上がっていた。

仁太郎のそばに天見鉄之介、金谷富十郎、田淵宗一郎の三人が沈んだ顔を並べていた。

「失礼します」

新吾は三人に会釈をし、仁太郎の亡骸に手を合わせた。

「宇津木先生が行き合わせたそうですね」

焼香が済んでから、宗一郎が新吾にきいた。

「はい。新シ橋に差しかかったとき、人だかりがしていました」

新吾は答える。

「殺されたのは昨夜の何時か」

鉄之介がきく。

「傷の様子から昨夜の暮六つ（午後六時）から五つ（午後八時）の間だと思われます」

「あんなところに何しに行ったのか」

宗一郎が首をひねる。

「俺はやはり、夜鷹を買いに行ったのではないかと思うが」

鉄之介が口をはさむ。

「それにしても、何があったのか」

富十郎が怒ったように言う。

「俺には正木があんな死に方をしたのが信じられない。匕首で襲われたそうではないか。それに刀も抜けなかった」

宗一郎はやりきれないように続けた。

「天見や金谷と並ぶ剣の達人だったではないか」

「油断していたのだ」

鉄之介が言う。

「正木ほどの剣客が油断したなんて」

「たぶん、黴毒のために体がだるく、反応が鈍くなっていたのだと思います」

新吾は口をはさんだ。

「そうかもしれぬ」

富十郎が続ける。

「俺もいま襲われたら、立ち向かえるか自信がない」

「ばかな」

鉄之介が顔をしかめ、

「少しぐらい熱があろうが、立ち向かえるはずだ」

「正木さまは誰かに恨まれているようなことはありませんか」

「ないはずです」

富十郎が答える。

「やはり、おりんではないのか」

ふと、宗一郎が何かを思いついたように言う。

「どういうことだ?」

鉄之介がきく。

「そなたたち三人は、おりんを捜していたのではないか」

「ばかな」

「隠すな、そなたたちはおりんにのぼせていたではないか。それぞれひとりでこっそり捜し回っていたのではないか」

宗一郎が迫るように、

「金谷、どうだ、そなたもときたまひとりで外出していたな。天見、そなたもそうだ、おりんを捜していたな」

「……」

ふたりとも黙った。

「おりんは妖艶な女子だった。正直、俺もあの女の美しさに惑わされ、一度声をかけた。だが、あの女は俺を拒んだ。俺は落ち込んだ。おぬしたちがうらやましかった。だから、嫉妬もあって気にしていたんだ。あの頃、おぬしたちは順番に外出していたな。おりんとふたりだけで会っていたのではないか」

宗一郎はいっきにいってから、

「金谷、そうではないか。天見、どうなんだ？」

と、富十郎と鉄之介の顔を睨み付けるように見た。

「そうだ」

鉄之介が開き直ったように、

「おりんはこの長屋に何度か来たあと、外でふたりきりで会うようになった。おりんにふたりきりで会いたいと言ったら、あっさり承諾したんだ。それで、外で会った」

と、打ち明けた。

「俺もそうだ」

富十郎も口を開いた。

「ふたりきりで会いたいと言ったら、外で会いましょうって……。他のふたりには内緒でと念を押された」

「正木もそうなんだな」

宗一郎が口元をひん曲げた。

「おりんが急に姿を消したあと、三人で呑んでいるとき、その話になってわかったんだ」

「あの女、俺たちを手玉にとりやがった」

鉄之介が憤然と言う。

「やはり、そうだったのか。あの頃、おぬしたちは妙によそよそしかった。おりんのことがあったからか」

「うむ」

富士郎は認めた。

「だが、おぬしたちはまだおりんに未練があるのではないのか。だから、こっそり捜していたのだ」

「捜したかったが手掛かりがないから徒労に終わっていた」

富士郎はため息交じりに言う。

「正木は手掛かりを摑んだのではないか」

宗一郎は想像を口にした。

「黙って出かけたのは、おりんのことだからだ。正木はおりんに会いに行ったか、おりんの手掛かりを得るために出かけたのか、いずれにしろ、おりん絡みだ」

宗一郎は決めつけた。

「おりんとはどこで会っていたのですか」

新吾は富士郎と鉄之介の顔を交互に見た。

「俺は今戸《いまど》だ。今戸橋で落ち合い、おりんの案内でどこかの家に行った。空き家のようだった」

鉄之介が答える。

「俺は待乳山聖天《まっちやましょうでん》で会い、やはり空き家に連れて行かれた。正木は今戸神社の鳥居だとか言っていた」

　富十郎は話した。

「三人とも同じ長屋に連れ込まれたんだ」

　鉄之介が答える。

「その空き家を捜したのですか」

　新吾はきいた。

「三人で捜した。だが、見つからなかった。おりんはわざと回り道をして空き家まで行ったんだ」

　鉄之介は忌《い》ま忌《い》ましげに言う。

「もし、おりんの居場所がわかったら、会いに行きますか」

「……」

「どうですか」

「行くだろうな」

「正木もそうだったんだ」

　宗一郎が顔をしかめ、

「しかし、おりんに会いに行ったのだとしても、なぜ、正木は殺されなければならなかったのか」

と、疑問を口にした。

「おりんに殺されたわけではあるまい。おりんに会いに行く途中、何かがあったんだ」

鉄之介が言うと、すかさず富十郎が、

「おりんの情夫といいざこざになったのかもしれない」

と、想像を口にした。

そのとき、戸が開いて、男が土間に入って来た。貸本屋の小助だった。

「門番のお侍さまからお聞きしました。正木さまが……」

額が広く、愛嬌のある顔が沈んでいた。

「小助、上がれ」

宗一郎が声をかける。

「へい」

小助は部屋に上がり、仁太郎のそばに行った。

「正木さま。どうしてこんなことに……」

小助は涙ぐんだ。

「正木はよく小助から本を借りていたからな」

「はい。私が顔を出すのを楽しみにしてくださいました」

小助はしんみり言う。

「いったい、正木さまに何があったのでしょうか」

「昨夜、外出したらしい。今朝、新シ橋の近くで殺されているのが見つかったのだ」

宗一郎が話した。

「小助。昨日、正木と会っていたが、どこかに出かけるとは言っていなかったか」

鉄之介がきいた。

「いえ、何も仰《おつしや》っていませんでした。ただ、具合が悪そうだったので、まさかお出かけになるとは思ってもいませんでした」

「具合が悪いのだから、わざわざ出かけなくてもよかったんだ。そんなに、おりんに会いたかったのか」

宗一郎が悔しそうに言う。

「おりんって誰ですかえ。正木さんのいいひとなんですかえ」

小助がきいた。

「そなたには関係ない」

鉄之介がぴしゃりと言う。

「へい、すみません」

小助は素直に謝り、

「もし、私でお役に立つことがございましたらなんでもやらしていただきますので、お申しつけくださいい」

と言い、引き上げて行った。

入れ代わるように、組頭の内藤伊兵衛がやって来た。

「内藤さま」

宗一郎らが居住まいを正した。

「これからご家老が弔問《ちょうもん》に訪れる。よいな」

「はっ」

伊兵衛が土間を出て行ったあと、新吾も立ち上がった。

「では、私も引き上げます。天見さま、どうか診察をお受けください」

「いずれな」

鉄之介はまったく取り合おうとしなかった。

いったん、詰所に戻り、新吾は上屋敷をあとにした。

向柳原にやって来たとき、背後から小走りに近づいてくる足音を聞いた。一瞬、間宮林蔵の顔が脳裏を掠めたが、林蔵は足音などさせない。

「宇津木先生」

その声に、新吾は立ち止まって振り返った。

風呂敷の荷を背負った小助だった。

はあはあ言いながら近づいてきた。

「すみません、急いで走ってきたので」

小助は息を整えてから、

「正木さまが黴毒に罹っていたというのはほんとうなのですか」

と、きいた。

「誰からお聞きに?」

「正木さまからです。最近、体がだるく疲れやすいのは黴毒のせいだと仰っていました」

「そうですか」

「さっき、天見さまにたしなめられましたが、おりんって誰なんですか。正木さまはおりんという女に会いに行ったのですか」

「さあ、私にはさっぱりわからないのです」

新吾は答えたあと、ふと小助が貸本屋だということに思い至り、

「小助さんはいつから松江藩に出入りを？」

「へえ、三月ぐらい前です」

小助は歩きだしながら言う。

「三月ですか。その頃、提げ重の女が勤番長屋に出入りをしていたのを知りませんか」

「提げ重の女ですかえ。いえ、知りません」

「そうですか」

新吾は頷いてから、

「小助さんは他の大名家の勤番長屋にも出入りをしているんでしょうね」

「ええ、まあ」

「どこかで、黴毒に罹った武士の話を聞いたことはありませんか」

「いえ」

提げ重の女は他の大名家の勤番長屋にも出入りをしているはずだ。だが、藩医がお

れ、外に漏れることはないだろうが、貸本屋の小助の耳に入っていることも考えられたのだが、聞いていないようだ。

「金谷さまや天見さまも黴毒にお罹りのようですね」

「それも正木さまから？」

「はい。そう仰っていました」

「そうですか」

「ひょっとして、おりんという女から伝染されたのかと思いましてね。でも、もう黴毒も関係ありませんね。死んでしまえばおしまいです」

小助は厳しい顔で言った。

「あっ、どうも失礼しました」

新シ橋の手前で、

「では、私はこちらに参りますので」

と、左衛門河岸《さえもんかし》のほうに足を向けた。

ふと、新吾は思いついたことがあった。

「小助さん」

新吾は呼び止めた。

「へい」

小助が振り返った。

新吾は近付き、

「小助さんは吉原《よしわら》や他の岡場所《おかばしょ》にも商売で出向くのでしょうね」

と、きいた。

「ええ、お女郎さんは本を読んでくださいます」

「お願いがあるのですが」

「なんでしょうか」

「正木さまたちの黴毒はあなたが仰ったようにおりんという女から伝染されたようです」

「やはり、そうなんですか」

「三月ぐらい前に、勤番長屋の前を提げ重の女が通り、部屋に引き入れたそうです」

新吾は話してから、

「おりんという女はかなり黴毒が進んでいると思われます。捜し出し、治療してやりたいのです」

「……」

「黴毒にかかった女の噂やおりんという女郎のことなどを聞いていただけませんか」

「もし治療しないとどうなるのでしょうか」

「鼻が落ち、死に至る場合もあります」

「そんな」

小助は息を呑み、

「わかりました。そういうことなら、どこまで出来るかわかりませんが、やってみます」

「お願いします。あっ、私は日本橋小舟町で開業しています。上屋敷内では他のひとの目や耳が気になるようでしたら、私の家に来ていただけますか」

「承知しました」

小助は表情を引き締めて言った。

第二章　提げ重の女

一

ふつか後の昼前、新吾は御座の間で、嘉明公に謁見《えっけん》していた。

「前回、長崎遊学での話を聞いたが、もともと武士の子であったのに、なぜ長崎に遊学するようになったのだ？」

前回同様、問いかけは高見左近だ。

「武士の家に生まれましたが、蘭学の勉強がしたく、医師の宇津木順庵の養子になりました。義父順庵が懇意にしていた表御番医師の上島漠泉さまのお力添えで長崎遊学を果たした次第です」

新吾は七十俵五人扶持の御徒衆《おかちしゅう》田川源之進《たがわげんのしん》の三男であった。いわゆる部屋住で、家督は長兄が継ぎ、次兄は他の直参に養子に行った。

新吾は幼いときから出入りの医者順庵に可愛がられ、乞われるようにして養子になったのだ。

「上島漠泉はなぜ、そなたのために遊学の掛かりを負担したのか」

「遊学を終えたあと、漠泉さまの娘御との縁組が約束されていましたので」

「なるほど。で、そなたはその娘と縁を結んだのか」

「はい」

「すると、そなたは表御番医師上島漠泉の娘婿ということになるが？」

「それが……」

新吾は言いよどんだ。

「どうした？」

「はい。じつは漠泉さまはある事情から表御番医師をやめさせられました」

「その事情とは？」

一瞬迷ったが、新吾は口にした。

「シーボルト事件に連座した疑いにございます」

「なるほど。せっかく表御番医師の娘婿になりながら、運がなかったな」

左近は哀れむように言う。

表御番医師の娘を嫁にしたのではなく、町医者漠泉の娘を嫁にしたのだが、そこまでは口にしなかった。

ただ、先日から、まるで新吾の素性調べのような問い掛けに、いささかの疑問を持ちはじめた。このようなことは、すでに家老の宇部治兵衛が調べ上げて嘉明にも報告が行っているはずではないのか。その上での藩医の話ではなかったのか。

このような問い掛けにどのような意味があるのか、新吾は不審を抱いたが、きくわけにはいかなかった。

それより、いよいよ遊学から帰ったあとの江戸での話になれば、幻宗のことに触れなければならない。

七年前、藩医だった幻宗がなぜやめていったのか。その理由がわかるかもしれないと期待した。

「ところで、そなたは江戸に戻ってから、村松幻宗の施療院で働きだしているが、そもそもそなたと幻宗の出会いのきっかけは何か」

左近はいよいよ幻宗の名を出した。

「はい。江戸に戻るにあたり、師の吉雄権之助先生から幻宗先生に渡して欲しいと手紙を託されたことにございます。手紙を届けたとき、はじめてお会いしました」

「で、そのまま働くようになったのか」

「はい。幻宗先生が貧しい人々からお金もとらず診療をしている姿に胸を打たれ、私も幻宗先生のような生き方をしたいと思うようになりました」

「金をとらずに施療院が続けられるのは、どこかから金が入ってくるからであろう。幻宗はどこからそれを得ているのか」

「わかりません」

新吾は答えた。

さっきまでは素性を調べられているような気がしたが、幻宗に話が及ぶと、まるで取り調べのようになった。

「しかし、そなたなりに考えたことがあったのではないか」

「はい」

「それを申してみよ」

「最初は、大金持ちのお方の病を治し、その謝礼から援助が出ているのではないかと思いましたが、そうではありませんでした」

「今はどう思っている」

「幻宗先生は七年前までこちらで藩医をなさっていたそうです。藩医をやめたあと、どこかに先生は全国の山々を歩き回ったそうです。おそらく、数々の薬草を見つけ、どこかに薬草園を作ったのだと思います」

幻宗の資金源はその薬草園だと、新吾は思っている。

「その薬草園はどこにあるのか知っているのか」

「いえ。薬草園というのも、あくまでも私の想像でしかありません」

「金は幻宗がどこかにとりに行くのか、それとも誰かが届けにくるのか」

「わかりません。幻宗先生は一切お話しになりませんので」

新吾は警戒した。どうも、幻宗のことを調べているような気がする。

「よし、きょうはここまでにしよう。宇津木新吾、ごくろう」

それまで黙って聞いていた嘉明が、いきなり口を開いた。

「宇津木どの、ご苦労であった」

左近が声をかけた。

「はっ」

新吾は低頭し、きょうは嘉明がまだ座っているので、そのまま下がった。

新吾は上屋敷をあとにした。

やはり腑に落ちない。高見左近の問い掛けはいつの間にか幻宗のことに向いていた。狙いは最初から幻宗にあったのではないかと思えてならない。

だとすれば、不思議だ。幻宗については藩主嘉明や家老の宇部治兵衛のほうがはるかによく知っているはずだ。

幻宗が藩医をやめたわけも、藩主が亡くなった理由も当然知っているはずだ。なのに、なぜ新吾にきくのか。

左近が気にしていたのは幻宗の資金源だ。

新吾はその資金源が松江藩ではないかと思ったことがある。

幻宗が誤診によって藩主を死なせてしまって藩医をやめたという話があったという。だが、実際は藩主は毒殺されたという噂があるという。御家騒動に発展するのを防ぐために、あえて幻宗が汚名を買って出た。そういう話もあるらしい。だが、これらはすべて間宮林蔵から聞いた話であって、幻宗は否定している。どちらの言い分が正しいのか。

いずれにしろ、嘉明や家老の宇部治兵衛は当然その経緯を知っているはずだ。左近の問い掛けはまるでの幻宗のことを探っているように思える。

そんなことを考えながら新シ橋に差しかかったとき、同心の津久井半兵衛が正木仁太郎が倒れていた辺りに立っているのがわかった。

新吾が橋を渡ると、半兵衛が近づいてきた。

「ああ、今、お帰りですか」

半兵衛がきいた。新吾が松江藩に出入りしていることを知っている。

「その後、いかがですか」

「殺しのあった夜、ふたりの男が新シ橋を渡ってきたのを佐久間《さくま》町に住む職人が見てました。ひとりは侍だというので、正木仁太郎ではないかと思われますが、もうひとりの男ははっきりしません」

半兵衛が言い、

「松江藩のほうになかなか聞き込みが出来ないんです。宇津木先生、少しお尋ねしてよろしいですか」

そのときになって、半兵衛が新吾の帰りを待っていたのだとわかった。

「どうぞ」

新吾は答える。

「正木仁太郎は黴毒にかかっていましたね。誰から伝染されたのかわかりますか」

「三月ぐらい前に、勤番長屋の前を提げ重の女が通ったので、部屋に上げたそうです。その後何度か会っていたようですが。ぴたっと来なくなったそうです」

「提げ重の女ですか」

「おりんという女で、かなりの美形だったそうです。その女から伝染されたと思います」

「おりんですか」

半兵衛は呟き、

「正木仁太郎はおりんという女との関係が続いていたのでしょうか」

「いえ、おりんは姿を消し、正木さまが捜していたようです」

「なるほど。おりんという女が何か知っているようですね」

「殺しに関わっているかどうかはともかく、おりんも黴毒に罹っているのです。見つけて手当てをしてやりたいのです」

「おりんの手掛かりはありませんか」

「今戸の空き家で、よく会っていたようです。朋輩《ほうばい》からそう聞きました」

「その朋輩の方にお話を聞くことは出来ませんかね」

「松江藩のどなたから聞き込みを？」

「組頭の内藤伊兵衛さまです」

半兵衛の表情には殺された側の話があまり聞けないことへのいらだちが見えた。どうやら、松江藩のほうでは正木仁太郎が刀も抜けずに匕首で殺されたことにかなり衝撃を受けて、まずいことは口にしないようにしているようだ。

半兵衛は正木仁太郎が剣術道場では松江の三剣客と言われたひとりだということも聞かされていないようだ。

「わかりました。ひとり、ふさわしいお方がいます」

新吾が考えたのは田淵宗一郎だ。おりんとは関係していないぶんだけ、なんでも話してくれるのではないか。

「明日、話しておきます」

「お願いします。大名家には立ち入れないので探索も不自由です」

半兵衛は泣き言を言っていた。

「では」

半兵衛と別れ、新吾は帰途についた。

家に帰ってから昼餉をとり、三軒ほど往診を済ませ、あとの往診は順庵に任せ、香保に幻宗先生のところに行ってくると言い、愛刀の大和守安定《やまとのかみやすさだ》を差して新吾は家を出た。

永代橋《えいたい》を渡り、佐賀町《さが》を抜け、小名木川《おなぎ》に出て、川沿いを行く。半月ほど前まではほぼ毎日のように通った道だ。

だいぶ辺りは暗くなってきた。高橋《たかばし》を渡って常盤町二丁目の角を曲がる。八百屋、惣菜屋、米屋など小商いの店が並ぶ通りが途切れ、やがて今までと雰囲気が違う場所に出る。狭い間口の二階家が並び、戸口に女の姿がちらほら見える。薄暗くなり、軒《のき》行灯《あんどん》に灯が入る頃だ。

軒下に『叶屋《かのうや》』と書かれた提灯《ちょうちん》がさがっている家の戸口から襟首まで白粉《おしろい》を塗りたくった女が、新吾に声をかけてきた。

「新吾先生」

甘えるような声で、おはつが出てきた。

「やあ、おはつさん」

「やあじゃありませんよ。幻宗先生のところをやめちまったんですってね」

おはつが怒ったように言う。

「そうなんです。でも、幻宗先生は私の師ですからときたま顔を出しますが」

「先生が検診に来てくれないとつまんないわ」

おはつはすねたが、

「じゃあ、今度は遊びに来て」

と、色っぽい目つきをした。

「おはつさん、その後、いかがですか」

「あれ、だいじょうぶよ。すっかり治ったわ」

おはつも黴毒に罹ったが早めに療治して完治した。

「でも、十分に気をつけて」

「はい。先生も新しいところで頑張ってね」

「ありがとう」

おはつと別れ、その先の角を曲がると、古ぼけた家並みが続いた。表長屋も傾きかけている。

空き地に出ると、掘っ建て小屋と見紛《みまが》う大きな平屋がある。空き地の先に大名の下屋敷の塀が見える。

戸口の庇《ひさし》の下に『蘭方医幻宗』と書かれた木切れが、風でくるくるまわっていた。

新吾は幻宗の施療院に入って行った。きょうの診療は終わっている。

「ごめんください」

新吾が呼びかけると、助手のおしんが出てきた。

「まあ、宇津木先生」

おしんは目を丸くして、

「なにをなさっているんですか。どうぞ、お上がりください」

と、促《うなが》す。

棚橋三升《たなはしさんしょう》も出てきて、

「お久しぶりです」

と、うれしそうに言う。

「三升さんもおしんさんもお元気そうで」

新吾は座敷に上がって、

「半月ぶりですが、とてもなつかしく感じます」

と、部屋の中を見回した。

「三升さんはなんだか風格が出てきましたね」

新吾は三升を見た。

「そうですか」

三升ははにかんだ。見習いから昇格し、三升は今は一人前の医師だ。

「先生はいつものところです」

おしんが言う。

「わかりました」

新吾は内庭に面した縁側に向かった。幻宗は最後の患者が引き上げたあと、濡縁で庭を眺めながら湯呑みに一杯だけ酒を呑んで心を落ち着かせるのだ。

やはり、幻宗はいつものように濡縁に腰を下ろしていた。

「先生。お久しぶりでございます」

新吾は近くに腰を下ろした。

「おう、新吾か」

幻宗が顔を向けた。浅黒い顔で、目が大きく鼻が高い。四十過ぎのような風格だが、肌艶は若く、四十には達していない。

「ここに座ると、以前のことを思いだします。やっぱり、ここはいいですね」

「そなたがここで過ごしたのは一年半か。世の中は常に動いているのだ。今の新吾の姿もなるべくしてなったのだ」

そう言ってから、幻宗は湯呑みを置いて、

「何かあったのか」

と、きいた。

「上屋敷に出入りをして半月ほどになります。どうも腑に落ちません」

「何がだ？」

「家老の宇部治兵衛さまは毎日、殿さまの体調を診て欲しいということでしたが、嘉明公は否定しました。ただ、長崎の話を聞きたいと仰っておりました。でも、実際には私の素性の調べから幻宗先生のことに話が及んでいます」

「……」

「松江藩の狙いは、やはり私から幻宗先生のことを探り出そうとしているのではないかと思われてなりません。きょうは」

と、新吾は間をとって、

「金をとらずに施療院が続けられるのは、どこかから金が入ってくるからであろう。どこからそれを得ているのか、ときいてきました。もっとも、私に問い掛けをするのは近習の高見左近さまですが」

幻宗は庭の一点を見つめている。

「先生はご家老の宇部治兵衛さまが私に期待するのはと言いだしたきり、その先のことを教えていただいてはおりませせぬ。宇部さまは私に何をさせようとしているのでしようか」

「まだなんとも言えぬ。もうしばらく様子を見るのだ」

幻宗は厳しい顔で言う。

「先生。もう一度お尋ねいたします。七年前、先生が突然、藩医をおやめになったわけです」

「自由になりたかったからだ」

「いろいろな噂があったそうですね。誤診によって藩主を死なせてしまって藩医をやめたという噂や、藩主は毒殺されたという噂……」

「待て。間宮林蔵から聞いたのであろう。あの男は公儀隠密。なんでもないことを、ことさら意味ありげに言う。そなたは吹き込まれ、それが真実と思うようになったのだ」

「でも」

「新吾。まだ半月だ。それだけで何がわかるというのだ」

「私が藩医として迎えられたのには何かわからないが何らかの狙いがある。このことは間違いないのですね」

「そのことも含め、まだ決めつけるのは早い」

幻宗は突き放すように言った。

「わかりました」

新吾は答えてから、

「先生、今私は黴毒の治療をはじめました」

黴毒に罹った勤番武士の話をし、

「ここで習ったことをさっそく役立てています」

と、話した。

「そうか。江戸で黴毒をもらって国元に持ち帰ってはたいへんだ。完治させて帰国させるのだ」

「ところがひとり殺されました」

「……」

事情を説明し、

「せっかく治療をはじめようとしていたところなので残念です」

「そうよな」

幻宗は難しい顔で言った。

「新吾、飯を食っていけ」

話が終わったとみたのか、幻宗が言った。

「いえ。家で待っていますので」

「そうか、香保どのとうまくやっているのか」

「はい」

「うむ。結構だ」

「先生。また、寄らせていただきます」

「いつでも来い。遠慮はいらぬ。ここはそなたの実家のようなものだ」

「ありがとうございます」

新吾は立ち上がり、三升とおしんにも挨拶をした。

「おふたりはまだ？」

「ええ、まだ」

おしんは恥じらうように言う。ふたりは気持ちを寄せ合っているのだ。

「では、また来ます」

新吾は別れを言い、施療院を出た。

来た道を逆に辿って夜道を急ぐ。小名木川から佐賀町に入った。やはり、つけられている。

日本橋小舟町の家を出てから何者かにつけられている気配はしていた。

何事もなく幻宗の施療院まで辿り着いたが、帰りにまたつけてきた。気配を消しているので、剣の心得がある者のようだ。

永代橋に近づいたとき、柳の陰から人影が現れた。黒い布で顔を覆っている袴姿の長身の侍だ。

「何者だ」

新吾は声をかけた。

背後から足音が迫ってきた。

振り向くと、同じように黒い布で顔を隠した小肥りの侍が近づいてきた。

「物取りとは思えないが」

新吾は大川《おおかわ》のほうに移動し、背後からの攻撃を受けないように川を背にした。

「宇津木新吾だな」

長身の侍が抜刀した。

「そうだ。誰かに頼まれたようだな」

「死んでもらう」

小肥りの侍も抜刀した。

ふたりが同時に迫った。

「誰に頼まれたかはきいても答えまい」

新吾は刀を抜いた。

長身の侍が激しい勢いで斬り込んできた。新吾は踏み込んで相手の剣を弾いた。すぐ相手は剣を横に薙《な》いだ。新吾は相手の剣を下から巻くようにすくった。長身の侍はよろけたが、体勢を崩しながら、片手で斬り込んだ。

と、同時に小肥りの侍が新吾の脾腹《ひばら》を狙って横一文字に斬りつけてきた。新吾はその剣を横っ飛びに避けながら、長身の侍の剣を鎬《しのぎ》で受け止めた。

「誰に頼まれたのだ？」

鍔《つば》迫《ぜ》り合いになって、新吾はもう一度問《と》い質《ただ》す。

「誰でもいい」

相手はぐっと押し込んできた。新吾も押し返す。

背後から、小肥りの侍が襲う機会を狙っていた。新吾は回り込み、いきなり剣を流して離れるや、小肥りの侍に突進した。

不意を突かれて驚愕したように相手は立ちすくんだ。だが、長身の侍が追ってきた。止むを得ず、そのほうに向かう。

長身の侍と激しく打ち合い、新吾は相手を川のほうに追い詰めた。小肥りの侍が新吾の背後に迫った。新吾が背中に注意を向けた隙に、

「退け」

と突然、長身の侍が叫び、走り出し、小肥りの侍とともに暗闇に消えて行った。

新吾に襲われる心当たりはまったくなかった。

二

家に帰りついたのは五つをまわっていた。

着替えてから、遅い夕餉をとって、離れの部屋に戻った。

「これをご覧ください」

香保が着物を手にしていた。幻宗を訪ねたときに着ていたものだ。

「これが？」

新吾は訝《いぶか》ってきく。

「袂が……」

新吾もあっと声を上げた。

袂が裂かれていた。ふたりの侍に襲撃されたときに斬られたのだ。気づかなかった。手強い相手だった上に、相手に傷を負わせてはならないという医者としての戒《いまし》めから防戦一方にならざるを得なかった。

「どうなさったのですか」

「心配ないよ」

「でも、刀で斬られたのではありませんか」

香保は心配そうにきく。

「幻宗先生のところからの帰り、ふたりの賊に襲われたんだ」

「まあ」

香保が絶句した。

「私には心当たりはないが、賊は私を宇津木新吾と知って襲ってきたようだ」

新吾は正直に話した。

「心配いらないよ。私は自分の身を守る術《すべ》は心得ている」

「でも、これからも襲ってくるのではありませんか」

「おそらく」

「津久井さまにお話をしておいたほうがよろしいのでは」

「お会いしたら話しておく」

香保を心配させないように言い、

「それより、そなただ。ここの暮らしに馴れたかどうか」

「もちろんです。義父上《ちちうえ》にも義母上《ははうえ》にもとてもよくしていただいています」

「ふたりとも、そなたが可愛くてならないようだ」

新吾は満足そうに頷き、

「岳父《がくふ》どのは御達者だろうな」

と、きいた。

「父は町医者を楽しんでいらっしゃいます。父と母にとっては私が仕合わせになることが一番なのです。ですから、今はほんとうに安らかに暮らしていると思います」

「そうか」

新吾は頷いてから、

「でも、私は力をつけ、いつか漠泉さまを表舞台に戻らせたいと思っている」

今は一介の町医者として生き生きと暮らす漠泉の姿は神々《こうごう》しいと、新吾は思っている。富や栄達を手に入れた者だからこそ示せる姿ではないのか。

新吾は漠泉や幻宗を見て、富や栄達を求めることは決して悪いものではないと思うようになったのだ。

貧しい人々にも治療の手を差し伸べる。そういう医者になるにしても先立つものが必要だ。そのためにも富や栄達を求めなければならない。

新吾はそう気づかされた。

「そのお言葉だけでも、父には本望でしょう」

「そうそう、女中をしていたおはるさんや芸者の吉弥《きちや》さんにも挨拶していないな。ふたりとも、そなたのことを慕っていたからな」

おはるは表御番医師だった漠泉が木挽町《こびき》に構えていた屋敷で女中をしていた女で、吉弥は香保が贔屓《ひいき》にしていた木挽町の芸者だ。

「そなたをこうして妻に迎えることが出来たのは、おはるさんと吉弥さんのおかげのところもある」

「うれしゅうございます。おはるさんや吉弥さんのことをそう仰っていただいて」

「よし、そのうち、ふたりに会いに行こう」

「はい」

顔を綻ばせ、香保が新吾ににじり寄った。新吾は香保の肩に手を回し、抱き寄せた。

「香保、そなたの仕合わせは私が必ず守る」

長い人生の第一歩が江戸に帰って幻宗の施療院での暮らしだとすれば、今新吾はようやく第二歩を踏み出したばかりだった。

翌朝、松江藩の上屋敷の門を入り、勤番長屋の詰所に行った。

前川隆光と宮野京安はまだ来ていなかった。

部屋に落ち着いてから、新吾は金谷富十郎の部屋に向かった。

戸を開け、土間に入る。

「金谷さま」

新吾は呼びかけたが、部屋に姿がなかった。

背後にひとの気配がした。

「天見さま」

天見鉄之介だった。気配に気づいて隣からやって来たようだが、わざわざ鉄之介が顔をだすことは珍しいと思った。

「何かございましたか」

鉄之介の表情が固いことに気づいて、新吾はきいた。

「金谷がゆうべから帰っていない」

鉄之介が不安そうに言う。

「えっ？」

新吾は思わずきき返した。

「金谷さまが帰っていないのですか」

「うむ。帰ってない」

田淵宗一郎もやって来た。

「宇津木先生」

宗一郎は新吾に挨拶をして、鉄之介に顔を向けた。

「やはり、帰っていないようだな」

その声は不安から震えを帯びていた。正木仁太郎のことがあるからだ。

「どこに出かけたのか、どなたも知らないのですね」

新吾はふたりにきいた。

「聞いていない。俺は外出していて、暮六つに帰ってきたが、そのときはもう部屋にいなかった」

鉄之介が口元を歪めて言う。

「心当たりは？」

「ない」

「正木のときと同じだ」

宗一郎が呟く。

「おりんですか」

「そうだ。俺たちにも何も言わなかったが、金谷は正木の動きに思い当たることがあって出かけたのではないか」

宗一郎はそう推《お》し量《はか》り、

「どうだ？」

と、鉄之介にきいた。

「わからぬ」

「金谷さま、正木さまは殿さまの警護のお役目ですね」

新吾は確かめる。

「それがどうした？」

鉄之介がきき返す。

「殿さまの周辺で、妙なことはないのですか」

「殿の周辺？」

宗一郎が眉根を寄せた。

「何かは想像がつきませんが、何らかの対立があって、その争いに巻き込まれたということは？」

「ない」

鉄之介はきっぱりと言った。

「もし、そのような不穏な動きがあれば、我らが気づかぬはずはない。それに、藩に関することであれば、正木も金谷も黙って出かけるはずはない」

「天見の言うとおりです。ふたりがこっそり出かけたのは、おりんのこと以外には考えられません」

宗一郎もきっぱりと言った。

「ともかく、もう少し待とう。正木のことがあるから悪いほうに考えてしまうが、そのうちばつが悪そうに帰ってくるかもしれぬ」

「でも、外泊したことは組頭さまの耳に入っているのでは？」

新吾は心配する。外泊は許されぬはずだから、なんらかの処罰を受けるだろうと心配したのだ。

「いや、門番を懐柔しているから一泊ぐらいではばれない」

「そうですか」

そう答えたが、新吾は未だに帰ってこないことが気になった。宗一郎も同じ心配をしているようだった。

「もし、きょうも帰って来なかったら……」

「ともかく昼まで待とう。もし、何かあったら、正木のときのように町方から知らせがあるはずだ」

鉄之介の言うように昼まで待つことになって、新吾は宗一郎といっしょに部屋を出た。

「田淵さま」

新吾は呼び止め、

「同心の津久井半兵衛さまが、正木さまの件でいろいろお話をお聞きしたいそうなんです。田淵さまにお願い出来ないかと思いまして。よろしいでしょうか」

「もちろん。下手人を挙げてもらうためなら協力は惜しまぬ」

宗一郎は力強く言った。

「それでは津久井さまにそうお伝えいたします」

「いつでも私を訪ねてくるようにと」

「はい」

新吾は宗一郎と別れ、詰所に戻った。

前川隆光が来ていた。宮野京安はまだ来ていない。

「京安さまはきょうもいらっしゃらないのでしょうか」

新吾はきいた。

「自分の医院が忙しいのであろう」

隆光は突慳貪《つっけんどん》に言ったあとで、

「ところで、金谷どのの具合はどうだ？」

「もうしばらく経過をみないとはっきり言えませんが、少しずつ効き目が現れてきていると思います」

「しかし、副作用もみないとな」

隆光は厭味《いやみ》を言う。

「じつは、金谷さまは昨夜屋敷に戻らなかったようです」

「なに戻らない？」

隆光は目を細めた。

「何か」

「昨夜、金谷どのを見かけた」

と、隆光は口にした。

「えっ、どちらでですか」

「駒形《こまがた》だ。患家の帰り、足早に雷門《かみなりもん》のほうに向かう金谷どのを見かけた」

「ひとりでしたか」

「ひとりだ」

どこに行ったのだろうか。かつて金谷がおりんと待ち合わせたのは待乳山聖天だ。まさか、またそこに……。

四つ（午前十時）ごろ、隆光は立ち上がった。

「では、わしは引き上げる」

ふと思いついたように、

「宇津木どの。金谷どのが帰って来ないのは心配でござるな」

と言い、意味ありげに笑った。

問い掛けようとする前に、隆光は背中を向けていた。

昼前に新吾は御殿の玄関に入り、奥の御座の間の近くにある控えの間に赴いた。そこでしばらく待ったが、なかなか高見左近はやって来なかった。

半刻（一時間）近く待たされてから、ようやく左近が現れた。

左近はつかつかと新吾の前にやって来て、

「本日の講義は中止だ」

と、告げた。

「何かあったのでしょうか」

左近は膝を進めてにじり寄り、

「書院番組の番士の金谷富十郎が殺された」

と、囁《ささや》いた。

新吾は耳を疑った。

「金谷さまが殺された?」

「そうだ。町奉行所の同心から屋敷に知らせがあった。組頭の内藤伊兵衛が現場まで行き、確かめた。金谷富十郎に間違いなかったということだ」

「……」

「先日の正木仁太郎に引き続きゆえ、殿も衝撃を受けられておる。なにしろ、殿の警護の中心的な役割のふたりだ」

「信じられません」

「そういうわけだ。また、明日頼む」

左近は引き上げた。

新吾は御殿の玄関を出て、そのまま長屋の金谷富十郎の部屋に向かった。近づくと、なにやら騒然としていた。

富十郎の部屋を覗くと、内藤伊兵衛と数人の武士がいた。鉄之介が何か説明していた。

新吾は宗一郎の部屋に向かった。

戸を開けると、宗一郎が奥から出てきた。

「宇津木どのか」

「金谷さまが殺されたというのはほんとうなのですか」

新吾は土間に入ってきいた。

「ほんとうらしい。町方から留守居役に伝わり、ご家老の耳に入った。それで組頭の内藤さまが現場まで行って確かめてきた」

宗一郎は暗い口調で言う。

「金谷さまの亡骸はまだ？」

「検死などで、まだ引き渡されていない」

「いったいどこで？」

「今戸町にある空き家だ」

「隆光さまが昨日の夕方、駒形町で金谷さまをお見かけしたそうです。ひとりだったということです」

「そうか」

「やはり、おりんですか」

「そうとしか考えられぬ」

宗一郎は憤然という。

「でも、どうしておりんのことがわかったのでしょうか」

新吾は疑問を口にする。

富十郎はここ数日外出はしていないはずだ。

「おりんとの約束ではない。金谷は正木の動きを追っていたのではないか」

「でも、正木さまが殺されたのは柳原の土手です。反対方向です」

「うむ」

宗一郎は唸《うな》ったが、

「金谷は俺たちには黙っていたが、おりんの行方に関していつも正木と話し合っていたのではないか。だから、今戸に行ったのではないか」

「天見さまは聞いていなかったのでしょうか」

「うむ。あの男はふたりとは相いれないところがあるからな」

「相いれない?」

「うむ。松江の三剣客と言われていることも気に食わないようだ。自分のほうが上だと思っているのだろう」

「そうなんですか」

門のほうがさわがしくなった。

金谷富十郎の亡骸が帰ってきたようだった。

三

それから一刻(二時間)後、新吾は富十郎の亡骸と対面し、現場の場所を聞いて上屋敷を出た。

傷を見たが、正木仁太郎と同じだった。富十郎もまた匕首で何カ所も刺されていた。同じ下手人である。

浅草阿部川町から田原町を経て花川戸《はなかわど》を過ぎ、やがて今戸橋を渡った。富十郎が殺されていた空き家に向かった。

通りに面して数軒の家が並んでいるが、問題の空き家は裏手だった。路地を入って奥に行く。

妾宅のような瀟洒《しょうしゃ》な造りだが、長い間ひとが住んでいないように塀などに傷みが目立った。家のすぐ裏が寺で、寺と寺にはさまれ日当りが悪い。陰気臭い場所なので、住む者がいないのかもしれない。

格子戸の前に立つと、中から津久井半兵衛が出てきた。

「津久井さま」

「宇津木先生、また松江藩の家来が殺されました」

「それでここに？」

「ええ。受け持ち外ですが、こっちの殺しと関わりがあるかもしれないと思いましてね。やはり、同じ下手人のようです」

半兵衛が言う。

「私も傷口を見ましたが、匕首で何カ所も刺されていました」

新吾は応じた。

「体に紅い斑点やしこりがありました。正木仁太郎と同じ症状でした。やはり、金谷富十郎も黴毒に？」

「ええ、正木さまとまったく同じです」

新吾はおりんという女から伝染されたらしいことを話した。

「提げ重の女ですか」

半兵衛は呟く。

「殺されたのはこの空き家の中なのですね」

新吾は問い掛けを続けた。

「そうです。部屋の中には血が飛び散っていました。他で殺して、死体を運び込んだのではありません」

「刀は？」

「やはり抜いていなかったようです。油断しているところを襲われたのでしょう」

「変ですね」

新吾は疑問を口にした。

「金谷さまは正木さまのことがあり、警戒していたと思うのですが……。なぜ、油断していたのか」

やはり、黴毒の影響で反応が鈍くなっていたのだろうか。

「空き家の死体を見つけたのは誰なんですか」

「近所のかみさんです。飼っている猫《ねこ》が空き家に入って行ったのであとを追った。そしたら、男が倒れていたということです」

「では、猫が入って行かなかったら、まだ死体は見つかっていなかったかもしれないのですね」

「そういうことです」

　空き家からこの界隈を受け持っているらしい年配の同心が出てきた。岡っ引きらしき男がついてきた。

「半兵衛、わしらはこの一帯の聞き込みをかける」

「はい」

　半兵衛が会釈をした。

　年配の同心を見送りながら、

「どうしても殺されたほうを調べられないのが痛い」

「そのことですが、殺された正木さま、金谷さまと親しい田淵宗一郎さまがお会いくださるようです。いつでも構わないということでした」

「よし。わかりました。さっそく、これからお会いしに行きます」

半兵衛は小者を連れて去って行った。

新吾はひとりになって空き家を眺めた。夜ともなると真っ暗に違いない。富十郎はここにおりんに連れ込まれたのだろうか。

いや、おりんしか富十郎をここに連れ込めないだろう。しかし、おりんが匕首を使ったとは思えない。おりんの情夫か。

おりんにふたりを殺さねばならないどんな理由があるのだろうか。仮におりんにあったとしても妙だ。

正木仁太郎と金谷富十郎のほうからおりんに会いに行っているのだ。殺されると思っていたら警戒していたはずだ。

仁太郎は油断をしていた。しかし、仁太郎が殺されたあとだけに、富十郎は用心しておりんに会いに行ったのではなかったか。

ひとの気配に振り返った。

「天見さま」

長身の天見鉄之介が近づいてきた。

「天見さまがおりんと会ったという空き家はここですか」

新吾はきいた。

「いや、違う」

「ここではないのですか」

「ここは寺と寺の間にある。おりんが連れて行った家の周辺に寺はなかった。それに細い路地をいくつも曲がって行った」

鉄之介は厳しい顔で言う。

「金谷さまはなぜここに来たと思われますか」

「わからん。おりんの居場所がわかったとは思えぬ」

「なぜでございますか」

「ふたりからそんな話は聞いたことない」

「ふたりだけが知っていて、天見さまに隠していたということはありませんか」

新吾はなおもきいた。

「ふたりが抜け駆けしたというのか」

鉄之介は顎に手をやり、

「ひとりが抜け駆けしたというならわかるが、ふたりで抜け駆けしても意味がない」

「正木さまが抜け駆けをし、金谷さまがそのことに気づいて……」

「おりんを見つけだせたとは思えぬ。そうなら、俺に言うはずだ」

鉄之介は否定した。

「そうでしょうか」

「そうだ。おりんのことなら俺に隠すはずはない」

「でも、天見さまはこう仰っていました。あの女のために、こっちもひどい目に遭った。今度会ったら、痛めつけてやると」

「……」

「だから、正木さまと金谷さまはおりんのことを教えなかったのでは？」

「ふたりがおりんの行方を摑んだら、隠していても俺にはわかる」

「では、何があったと思われますか」

「おりんではないのかもしれぬ」

「何か他に心当たりが？」

「金谷がこの空き家にのこのこついて行くのは女しかいない。だが、おりんとは限らん」

「他に誰かそのような女子がいらっしゃるのですか」

「……」

鉄之介は口を閉ざした。

思い当たることがあっても、確信がないから黙っているのか。

「おりんは提げ重の女ですね」

新吾は確かめる。

「そうだ」

「妙なことがあるんです。前々からの疑問です。どうして松江藩の勤番長屋で他のひとを相手にしなかったのでしょうか。おりんが相手にしたのは天見さまを交えて三人だけです。田淵さまは拒まれているのです。なぜ、三人だけなのでしょうか」

「……」

鉄之介はまたも押し黙った。

「金谷さまは国元で許嫁が待っていらっしゃるようですね。このようなことになって、さぞかし無念でしょう」

新吾は痛ましく言う。

「許嫁にとってはかえってよかったかもしれぬ」

鉄之介は口元を歪めた。

「えっ、どういうことですか」

「金谷は女癖が悪い。嫁いでも苦労するだけだからな」

鉄之介は富十郎を非難した。

「俺は引き上げる」

鉄之介は踵《きびす》を返した。

「お待ちください。金谷さまは女癖が悪いというのはほんとうのことですか」

「俺もひとのことは言えぬが、金谷はひとの妻女にも手をつけるような男だったからな」

「金谷さまは、ひとの妻女に手を出したこともあると……」

「これ以上、死んだ者の悪口は言いたくない」

そう言い、鉄之介はさっさと引き上げて行った。

鉄之介の顔が火照っているように感じられた。熱でもあるのではないか。これまで鉄之介に黴毒の症状が現れていなかっただけで、隆光の治療で治ったわけではないのだ。

鉄之介のことを気にかけながら、新吾もその場から離れた。

大川のほうに出て、今戸橋に向かう。背後から足音が迫ってきた。緊迫した気配に、新吾は身構える。今は無腰《むごし》だ。

鋭い殺気に、新吾は横っ飛びに身を避けた。剣が空を切った。編笠の侍が体勢を立て直し、上段から斬り込んできた。

新吾は身を翻《ひるがえ》して剣を避けた。

「先夜の者と別人のようだな。だが、仲間か」

新吾は問いかける。

侍はなおも斬りつける。新吾は右、左と動き、相手の剣をかわし、相手の油断をついて胸元に飛び込み、足払いをする。

相手は体勢を崩しながら剣を鋭く払う。新吾は飛び退いて避ける。

「私を宇津木新吾と知ってのことだな」

新吾は問い質す。

だが、編笠の侍は無言で剣を八相《はっそう》に構えて迫った。新吾は後退る。相手がさらに迫ったとき、ひと殺しという男の叫び声が聞こえた。踏み込もうとした侍の動きが止まった。

「命はお預けだ」

編笠の侍は抜き身を下げたまま今戸橋に向かって駆けた。

叫び声の主を見て、新吾はあっと思った。

「小助さん」

風呂敷の荷を背負った貸本屋の小助が近づいてきた。

「宇津木先生ではありませんか」

小助が目を丸くしてきく。広い額の愛嬌のある顔に不審の色が浮かんでいた。

「おかげで助かりました」

「いったい何があったのですか」

「私にもわからないのです。正体の知れぬ賊に襲われたのは、これで二度目です」

「二度目？」

小助は憤然として、

「誰なんでしょうか」

と、編笠の侍が去って行ったほうを見る。とうに、侍の姿は消えていた。

「でも、小助さんのおかげで助かりました」

新吾はもう一度礼を言う。

「私はただ悲鳴を上げただけですから」

小助は苦笑した。

「小助さんはこちらには商売で？」

新吾は不思議に思ってきいた。

あの人も、
読んでるらしい。

西村京太郎

十津川警部捜査行 東海道殺人エクスプレス

鶴見線の海芝浦でデートを楽しむカップルを悲劇が襲う――。
ご存じ、十津川警部と亀井刑事が、被害者の恨みを晴らす！

［ミステリー短編集］
本体676円＋税　978-4-575-52087-3

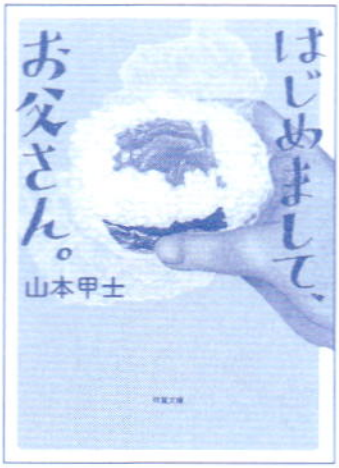

山本甲士

はじめまして、お父さん。

売れないフリーライターの取材相手は、
一度も会ったことのない実の父親だった。
その父親の願いで、初対面の二人は旅に出ることに……。

［ロードノベル］
本体611円＋税　978-4-575-52088-0

小島正樹

呪い殺しの村

面妖な術を操る一族、忽然と消えた少女、故郷を棄てた夫婦を襲う不幸。
「風」の名探偵と生真面目な捜査官が、怨みの村の壮大な謎に挑む！

［長編ミステリー］
本体741円＋税　978-4-575-52089-7

沢里裕二

暴発工作 ―警視庁特殊企画課工作班―

警視庁特殊企画課工作班のエース刑事・山神翔二は、
闇社会に巣食うふたつの反社組織をまとめて潰そうと画策するが……。

［警察ハードボイルド］
本体611円＋税　978-4-575-52090-3

月の
刊

双葉文庫は面白《おむすび》文庫

「ええ、妾宅や商家の寮などがありますので。女の方のほうが本を借りてくださいます。それより、宇津木先生はどうしてこんなところに？」

「まだご存じないのでしょうか」

新吾は小助の顔を見た。

「何がでしょうか」

「金谷さまが殺されたのです」

「えっ、金谷さまが……。ほんとうですか」

「はい。このお寺の並んでいる場所にある空き家で死んでいたそうです」

「あの金谷さまが……」

小助は呟く。

「金谷さまも本を借りていたのですか」

「はい。ときたま」

小助は顔を曇らせ、

「宇津木先生が襲われたことと金谷さまの件は関わりがあるのでしょうか」

と、きいた。

「そうですね」

まったく別物だと思っていたが、何か関連があるのだろうか。

気になることはある。いずれの件も、新吾が上屋敷に出入りをするようになってから起こっているのだ。

偶然だと思いたいが……。ただ、気になるのは正木仁太郎と金谷富十郎はともに嘉明公の警護の者だということだ。そして、新吾は嘉明公に蘭学を講義する役目を与えられている。

まさかとは思うが、七年前の藩主の死と今回のことが絡んではいまいか。新吾を藩医にするという考えはどこから出たのか。

家老の宇部治兵衛は、嘉明公を診察してもらいたいと言っていたが、嘉明公は診察は無用と言った。

両者の考えが違ったのではなく、治兵衛の言葉はあくまでも新吾を誘う口実でしかなかったのだ。

新吾を藩医にしたかったのは別の狙いがあってのことに違いない。幻宗との関係を知ってのことではないかという疑いが生じる。

「宇津木先生に頼まれていた、黴毒にかかった女の噂やおりんという女郎のことはまだわかっていません。すみません」

「いえ、そんなに簡単にわかるとは思っていませんので」

「引き続き、調べてみます。では、私はお得意先のところに寄りますので」

そう言い、小助は去って行った。

新吾も今戸橋を渡り、帰途につく。

こうなったら、間宮林蔵からじっくり話を聞いてみたいと思った。


その夜、新吾を訪ね、津久井半兵衛がやって来た。

新吾は客間で半兵衛と差し向かいになった。

「田淵さまから話を聞こうとしたのですが……」

半兵衛は困惑したように切り出した。

「会えないと言われました」

「会えない？」

新吾は耳を疑った。

「会えないとは誰に？」

「田淵宗一郎さまです」

「まさか」

新吾は驚いて、

「田淵さまは下手人を挙げてもらうためなら協力は惜しまないと仰ったんです。そんなはずはないと思いますが」

「門番に撥ねつけられました」

「……」

宗一郎に何かあったのか。

「明日、田淵さまに確かめてみます」

「それで、宇津木先生からお話をお聞きしたいと思いましてね」

半兵衛が頼んだ。

「正木仁太郎と金谷富十郎は同じ下手人に殺られたのです。ふたりは黴毒に罹っていましたね。ふたりは同じような問題を抱えていたようですが？」

「金谷さまも、おりんという提げ重の女と関係を持っていました。もうひとり、天見鉄之介というお方も」

「天見鉄之介という男も黴毒に罹っているのですか」

「そうです。殺されたふたりに比べ、天見さまのほうは症状は軽いようです。この三人はおりんに入れ込んでいました。おりんはそれほどの美貌の持ち主だったようです。

ふたりともおりんに会いに行ったのではないかと思っています」

新吾はあくまでも推測に過ぎないと話した。

「おりんですね」

「でも、おりんにはふたりを殺す理由はないように思えるのです。おりんに会ったあと、何か思いがけないことが起こったか……」

新吾は自分が賊に襲われたことは黙っていた。

「問題はおりんですね。なんとか捜してみましょう」

半兵衛は言い、その他いくつかの点を確かめて引き上げて行った。

新吾は宗一郎がなぜ心変わりをしたのかが気になった。

四

翌朝、上屋敷に行き、新吾はいったん詰所に顔を出したが、隆光も京安もまだ来ていなかった。とくに京安はずっと顔を見ていない。

新吾はまず富十郎の部屋に行った。富十郎は顔に白い布をかけられて横たわっていた。枕元に組頭の内藤伊兵衛が厳しい顔つきで座っていた。

弔問を済ますと、伊兵衛が新吾に声をかけた。

「正木仁太郎と金谷富十郎は黴毒に罹っていたのか」

「はい。重症になりかけでした」

「原因はおりんという提げ重の女だそうだな」

「確かな証《あかし》はありませんが、おそらくそうに違いないと思われます」

「宇津木どの。今後、この件にて屋敷外で話題にすることがないように心がけてもらいたい」

「それは奉行所にもですか」

「さよう」

「それでは、下手人を見つけだせないかと」

「下手人の探索は我が家で行う。よいな。このことは奉行所のほうにお伝えする」

いつになく厳しい顔つきで、伊兵衛は言った。

「もうよい」

下がれと言っているのだ。

新吾は富十郎とじっくり別れをすることなく部屋から出された。

それから、新吾は宗一郎の部屋に行った。

戸を開けて土間に入ると、宗一郎は連子窓から外を見ていた。

「田淵さま」

新吾は声をかける。

「宇津木先生ですか」

振り返って、宗一郎は窓から離れた。

新吾は部屋に上がって、険しい顔の宗一郎と差し向かいになった。

「田淵さま」

新吾が切り出すと、宗一郎は片手を上げて制し、

「津久井半兵衛どののことなら詫びるしかない」

「組頭さまの命令ですね」

「そうだ。町方にも何も話すなと」

宗一郎はため息交じりに言う。

「下手人の探索はどなたが？」

「私と天見が命じられた。十日以内に、解決せよというお達しだ」

「十日以内？」

「そうだ」

「組頭さまのお考えですか」

「上だ」

「ご家老さま」

「殿もご承知のことだ」

宗一郎は冷静さを失っているのだろうか、いつもの丁寧な口調ではなくなっている。

「なぜ、町方に隠すのでしょうか」

「当家の恥部が明るみに出るかもしれないという危惧だろう」

「恥部とは？」

「殿の警護の者が黴毒にかかり、町人に殺された。これだけでも、当家には汚名だ。もっと調べていくうちにさらに何か出てくるかもしれぬ。だから、我らで調べるのだ」

「しかし、下手人は外です。おりんを捜すにしても、町方の手を借りねば捜しようがありません」

「命令だ。仕方ない」

「それにしても十日以内とは」

「殿の今度の登城は半月後。それまでに片をつけよということだ」

藩主の登城は頻繁にあるわけではなく、勤番の武士は概して暇だ。まる一日探索に当てられるが、それでも十日以内とは……。

「もし、出来なければ？」

「さあ、どうなるか」

宗一郎は唇を噛みしめた。

「出来そうですか」

「やるしかない」

「手掛かりは？」

「ない」

宗一郎は悲壮感に満ちた顔をした。

「正木さまも金谷さまも殿のお傍で警護をするお役目ですね。そのことが今回の殺しと関わりがあるとは思われませんか」

「いや、あり得ぬ」

宗一郎はきっぱりと言った。

「確かに殿のお傍で警護をする者だが、直接殿とやりとり出来る身分ではない。確かに腕は立つが、代わりはいくらでもいる。お役目絡みではない」

「そうですか」

やはり、おりんが何らかの形で関わっているのか。

「宇津木どの」

宗一郎が口調を改めた。

「はい」

「手を貸してくださらぬか」

「えっ？」

「正直、私ひとりでは荷が勝ち過ぎる。そなたに手を貸してもらえれば心丈夫だ」

「しかし、他人の手を借りて、田淵さまがあとで困ったことになりませぬか」

「黙っていればわからぬ」

「そうですが」

「頼む」

宗一郎は頭を下げた。

「わかりました。私もおふたりがなぜ殺されねばならなかったのか知りたいですし、下手人を捕まえ敵《かたき》をとってあげたいと思います」

新吾も正直な気持ちを吐露《とろ》した。

「かたじけない。なにしろ、天見は勝手に動くはずだ」

「協力しないのですか」

新吾は意外に思った。

「うむ、あいつはそういう男だ」

「しかし、ひとりで動けると思っているのでしょうか」

「何か摑んでいるのかもしれない。が、自分ひとりで抱え込み、我らには教えないはずだ。期待は出来ない」

「……」

組頭の内藤伊兵衛は天見鉄之介の性格をしっかりと摑んでいて宗一郎との探索を任せたのだろうか。

いずれにしろ、鉄之介はおりんと関わりを持った男だ。宗一郎よりはるかに真相に近いところにいるはずだ。

鉄之介はおりんと事件の関わりを否定したが、おりんのこと以外で、正木仁太郎と金谷富十郎がひとりで出かけることは考えられない。鉄之介も本心ではおりん絡みだと思っているのではないか。

その鉄之介と手を組めないのは宗一郎にとってかなり不利だ。いくら手を貸すとい

 っても、新吾はおりんの顔も知らないのだ。

「田淵さま」

新吾は思いついて口にした。

「貸本屋の小助さんにも加わっていただきませんか」

「小助？」

「ええ。貸本屋は吉原や妾宅などに客がいるのです。今すでに、おりんという名の女郎と黴毒に罹った女郎の噂を聞いてもらっています。わけを話し、本格的に手を貸してもらいませんか」

「そうか。よし、小助の手を借りる。きょう、明日にも富十郎の弔問に来よう。会ったら、頼んでみる」

「はい。私からもお願いしてみます」

新吾は宗一郎の部屋を出て、医者の詰所に行った。

隆光と京安が顔を揃えていた。

「宇津木どの。そなたは死神か」

いきなり、京安が口元に冷たい笑みを浮かべて言う。

「なにがでございましょうか」

新吾はむっとなった。

「何がだと？」

京安は片頬を引きつらせ、

「そなたが治療をはじめたとたん、正木仁太郎と金谷富十郎が殺されたのだ。医者ではない、死神だ」

「……」

新吾は深呼吸をし、怒りを鎮め、

「確かに、偶然とはいえ、そのような形になって残念に思います」

と、答えた。

「認めるのか」

「はい」

何かが脳裏を掠めたが、その正体を摑むまではいかなかった。だが、脳裏を掠めたものに思いを向けたので、京安に対する怒りを忘れていた。

今の京安の言葉は大事なことを含んでいるような気がしてきた。偶然だと思っていたが、そうではなかったとしたら……。

治療をはじめたとたん、正木仁太郎と金谷富十郎が殺されたのは紛れもない事実だ。

そして、もうひとつ。新吾が襲われた事実がある。

さらに不可解なのは七年前の藩主の死だ。幻宗が誤診をして、藩主を死なせてしまったという噂の真偽だ。

「おい、何か言ったらどうだ?」

京安の声に、新吾は我に返った。

そう言えば、さっきから京安が何か言い続けていた。

「すみません」

「呆れたものだ」

京安は露骨に顔を歪めた。

「隆光さま、京安さまは」

新吾は改まってきいた。

「七年前はこちらにいらっしゃったのでしょうか」

「七年前? わしは三年だ。京安どのは五年」

「そうですか」

「なぜ、七年前のことを気にかける?」

隆光が鋭い目をくれた。

「いえ、なんでもありません」

「さて、わしは引き上げる。死神にとりつかれぬようにな」

京安が立ち上がった。

「私は中間部屋で病人が出たらしいので診てこよう」

隆光も京安といっしょに出て行った。

ひとりになって、新吾は改めて、仁太郎と富十郎殺しと、新吾が襲われたことの関わりに思いを馳せた。

もし、新吾が松江藩上屋敷に出入りをしていなかったら、仁太郎と富十郎殺しは起きなかったのだろうか。

仁太郎が柳原の土手で殺された翌日の夜、新吾は幻宗の施療院からの帰りにふたりの侍の襲撃を受けた。

同じ相手ではない。仁太郎は匕首で刺されていたのだ。だからといって、まったく別の動きだとも言い切れない。

仲間が二手に分かれての襲撃だったかもしれないのだ。

しかし、両者を結びつけるものはなんであろうか。仁太郎と富十郎とは医者と患者の関係であり、新吾は黴毒の治療をはじめたばかりだ。それだけで、新吾が狙われるはずはない。

考えられるとしたら、仁太郎と富十郎がある重大な秘密を新吾に話したと思われた場合だ。

新吾がふたりから聞いたのは黴毒をおりんから伝染されたということだけだ。これが敵にとっては重大だったのだろうか。

やはり、おりんを捜されることをいやがって仁太郎と富十郎を殺し、新吾を襲ったのか。そこまで考えて、新吾はあっと声を上げそうになった。

おりんを捜されることが敵にとってどんな不都合があるかわからないが、それより大きな問題があった。

殺されたふたりと新吾の関係は屋敷の中だけのことだ。外の人間が知りようがないことだ。

黒幕は屋敷内にいるのでは……。

仁太郎と富十郎は油断していたのだ。油断する相手は朋輩だからではないか。その男はふたりをそれぞれ呼び出し、わざと匕首で襲った。町人の仕業に見せるためだ。

新吾の場合には町人の仕業に見せる必要はなく、刀で斬り捨てようとした……。

敵が屋敷内にいるとしたら、反嘉明派ではないのか。七年前のことが未だに尾を引いているのか……。

　ふと気づくと、そろそろ嘉明公のもとに伺候する刻限が近づいていた。新吾は立ち上がって、詰所を出た。

　御殿の控えの間で待っていると、高見左近が呼びに来て新吾は御座の間に参上した。

　御座の間に嘉明が入ってきて上の間に座った。新吾は平身低頭して迎えた。

「宇津木新吾、面を上げ」

　嘉明が声をかけた。

「ははあ」

　と、新吾は少しだけ顔を上げる。

「そのほうに訊ねることがある」

　左近が口を開いた。

「そのほう、正木仁太郎と金谷富十郎の治療をはじめたそうだな。何の治療であるか」

「黴毒にございます」

「正木仁太郎と金谷富十郎は黴毒に罹っていたのか」

「さようでございます」

「治療の見通しはどうであったのだ？」

「十分に治る見込みでございました」

「なのに、ふたりは何者かに殺された。そなたに心当たりはあるか」

「いえ」

なぜ、このようなことに興味を持つのか、新吾は不可解だ。

「あのふたりは殿の警護の者であった。なぜ、その者が殺されたのか。存念《ぞんねん》があれば申してみよ」

「私にはわかりません」

それより、なぜそのことを気にするのか不審を抱いた。確かに警護役としては重要な家臣がふたりも、それも武士らしくない不名誉な殺され方をした。

だが、それだけで嘉明がこれほど関心を寄せるだろうか。どうしても、七年前の藩主の死と結びつけざるを得ない。

今、松江藩多岐川家で何か起ころうとしているのではないか。そういう目で見れば、高見左近の表情には緊張が漲《みなぎ》っているようだ。

「そなた」

左近が声をかけ、次の問いかけまで十分な間をとった。

「公儀隠密の間宮林蔵を知っているか」

新吾は思わず息を呑んだ。

なぜ、ここに間宮林蔵の名が……。ますます不審を抱きながら、新吾は答える。

「何度か、立ち話をした程度です」

「なぜ、間宮林蔵がそなたに近づいたのか」

左近は睨み付けるような目を向けた。

「それは……」

新吾は困惑した。嘉明の前でどこまで話してよいのか。

「遠慮には及ばぬ。申してみよ」

「はっ。されば、シーボルト事件でございます。長崎の鳴滝塾の塾生が幻宗先生の施療院に逃げ込んでいないかを探っておられました。その際、私にも声をかけてきました」

間宮林蔵は施療院を陰で支えている支援者に関心を寄せているのだが、そのことはあえて口にしなかった。

「それだけか」

左近が鋭くきく。

「はい」

「当家に関して何か言っていなかったか」

「間宮さまが何を？」

「当家に関わる噂だ」

「いえ」

新吾はあえて否定した。

「まことか」

「はい」

「そうか」

左近は嘉明に顔を向けた。

嘉明は軽く頷いてから新吾に顔を向けた。

「宇津木新吾、大儀であった」

「はあ」

新吾は平身低頭した。

嘉明が立ち上がる気配がした。

新吾が顔を上げたとき、上の間の藩主の座にすでに嘉明の姿はなかった。だが、左近は残っていた。

左近が立ち上がり、新吾の傍まで寄ってきた。

「宇津木どの」

左近が目の前に腰を下ろした。

「そなたに頼みがある」

その言い方に圧迫するようなものを感じたのはこの部屋が御座の間だからだ。頼みと言っても左近の頼みでない。嘉明の命令に等しいと思った。

「なんでございましょうか」

新吾は左近の色白の顔を見つめる。

「間宮林蔵から我が御家に関することを聞き出してもらいたい。間宮林蔵が我が御家をどう見ているかだ」

「なぜでございましょうか」

「わけは特にない。ただ、公儀の者の意見を聞きたいだけだ」

左近は新吾のそれ以上の質問を封じ込めるように強い口調で言い、

「よいか、頼んだ」

と、腰を浮かせていた。

御座の間から廊下に出る。やがて、家老の用部屋の前に差しかかった。新吾は愕然《がくぜん》としていた。家老の宇部治兵衛が新吾を藩医に望んだのはこのためだったのか。

治兵衛に会って確かめたかったが、そのような勝手は許されなかった。

五

いったん詰所に戻り、新吾が帰り支度をしていると、戸が開いた。

「宇津木先生」

貸本屋の小助が土間に入ってきた。

「小助さん。ちょうどよかった。どうぞ」

新吾は小助を招いた。

「ここで」

小助は上がり框《がまち》に腰を下ろし、

「金谷さまにお線香を上げに行きましたら、田淵さまに呼ばれました。手を貸して欲しいと頼まれました」

「そうですか。私からもお願いいたします」

新吾は頭を下げた。

「お顔をお上げください」

小助はあわてて言い、

「私で出来ることならなんでもお力にならせていただきます」

と、表情を引き締めた。

「ありがとうございます」

「ただ、頼まれていた件、まだ見つかりません」

黴毒にかかった女とおりんという名の女郎のことだ。

「吉原を歩き回りました。羅生門河岸《らしょうもんがし》には黴毒に罹った女たちも多くいますが、とうてい正木さまや金谷さまが夢中になるような美形はおりません。ですので、今は中《なか》見世《みせ》、大見世を当たっています」

「助かります」

「でも、この探索を田淵さまと天見さまのおふたりに任されたのはどういう腹なのでしょうか」

「黒幕が御家の中にいるかもしれないと思っているのではないでしょうか」

「はい。たとえば、今の藩主に反対する一派の仕業とか。いえ、仮の話ですが。もしかしたら、御家騒動の萌芽《ほうが》と……」

「御家の中に？」

「しかし、おりんは提げ重の女ですが」

小助が疑問を呈する。

「この近隣の勤番長屋に提げ重の女が現れた形跡はないようなのです。そればかりか、松江藩でもおりんを相手にしたのは三人だけです。なぜか、おりんの狙いは三人だけのような気がします」

「……」

「外出の際、殿さまを間近で警護をするのがこの三人です。その三人が狙われたことに何か秘密があるのかもしれません」

啞然としている小助に、新吾は付け加える。

「今のは、あくまでも想像でしかありません。ようするに、まだ何もわかっていないのです。手掛かりは、おりんだけなのです。おりんから聞けば何かわかるはずです。それだけじゃありません。おりんも黴毒に罹っています。このままでは危険なのです。早く治療もしてやりたいのです」

「先生のお気持ちはよくわかります。かならず、おりんを捜し出します」

小助は胸を叩くように答えてから、

「先生、じつはお願いがあるのですが」

と、真顔になった。


昼過ぎに日本橋小舟町の家に帰ると、香保が出て来て、客が待っていると告げた。

「津久井さまです」

「津久井さまが……」

とっさに事件の件だと思った。

客間に急ぐと、津久井半兵衛が待っていた。

「待たせていただきました」

新吾は半兵衛と差し向かいになった。

「さっき、上役より、松江藩の家来が殺された件から手を引くように言われました」

「そうですか」

「納得いきませんので、わけをきいたところ、あくまでも屋敷内でのことだからという理由です。そんなばかなことはありません。下手人は匕首を使っている。遊び人かもしれません。あくまでも奉行所の管轄。そう訴えましたが、もう決まったことの一点張り」

「田淵さまが仰るには、殿の警護の者が黴毒にかかり、町人に殺された。これだけでも、当家には汚名だ。もっと調べていくうちにさらに何か出てくるかもしれぬ。だから、我らで調べるのだと仰っていました」

「しかし、下手人が遊び人だとしたら、我らがやらねば探索は難しいはず」

「もしかしたら、松江藩の恥部が外に知られるより、下手人が挙がらないほうを望んでいるような気がしないでもありません」

「松江藩の恥部とはなんでしょう」

「わかりません」

「このままでは、下手人が挙がらずじまいということも考えられますね」

「その恐れは十分にあります」

新吾は思いついて、

「今のところ、手掛かりは提げ重のおりんという女だけです。津久井さまのほうでこっそりこの女のことを調べていただけませんか」

「そうですね。よし、そこまではやってみましょう。このまま引き下がるのは忌ま忌まし過ぎますから」

半兵衛は気持ちを奮い立たせて引き上げて行った。


その夜、新吾は刀を差し、今戸の富十郎が殺されていた空き家にやって来た。月影はこの奥までは差し込んでこない。

富十郎がここにやって来たのはおりんに会えると思ったからだろう。

この場所に、富十郎がひとりで来たとは思えない。連れがいたはずだ。富十郎をここまで案内したのは誰か。まったく警戒をしていなかった相手だ。富十郎が疑いもせずにのこのこついて行く相手は同じ家中の者が考えられる。それも、疑いをはさむ余地のない相手だ。

富十郎はここにやって来て、おりんと会ったのか。あるいは案内してきた者が空き家に入ったとたんに襲いかかったのか。

新吾は空き家の周辺をまわってみた。壁は朽《く》ちかけて長い年月放置されていたことがわかる。

空き家の表に戻ると、ちょうど足音がして、小助がやって来た。

「お待たせしました」

「夜では、知らなければ空き家に気づきませんね」

新吾は空き家を振り返って言う。

「ええ、やっぱり誰かに連れてこられたのでしょうね。さあ、行きましょうか」

「お願いします」

新吾は小助のあとに従い、橋場《はしば》のほうに向かった。

鏡《かがみ》ヶ池《いけ》の辺《ほとり》に寮のような大きな家があった。

「あそこです。吉原の大見世『大櫛楼《だいせつろう》』の寮です。ここで黴毒に罹った花魁《おいらん》が養生をしています」

小助は吉原を歩き回っていて、『大櫛楼』の手鞠《てまり》という花魁が病気で出養生をしていると聞き込んだという。それで、念のために寮を訪ねたところ、黴毒に罹っていた。

おりんではないので、新吾への知らせをためらったが、病状を見るに見かねて往診を頼んだということだった。

おりんではなくても、新吾は黴毒に罹った患者を放っておけなかった。

黒板塀の寮の門にやって来た。中はひっそりとしていた。

小助は潜り門を入った。新吾もあとに続く。

小助は母屋の勝手口に向かった。留吉《とめきち》という男が夫婦で寮番をしているという。

戸を開けて土間に入り、小助は呼びかけた。

「小助でございます」

奥から、四十ぐらいの男が出てきた。

「すみません、お医者さまをお連れしたので、これから花魁のところに寄せてもらいます」

新吾は留吉に会釈をする。

「どうも」

留吉も軽く頭を下げ、

「今うちの奴に案内させましょう」

「いえ、わかりますので」

「そうですか。じゃあ、お願いします」

「では」

小助は庭のほうにまわった。

「母屋ではないのですか」

「重たい病気は離れに寝かされるようです」

「……」

離れが見えてきた。雨戸は閉まっている。小助は戸を開け、土間に入った。

「ごめんください。小助でございます」

小助は障子に向かって声をかけた。

「どうぞ」

中から声が聞こえた。

「失礼します」

小助は障子を開けた。

ふとんの上に女が半身を起こしていた。

「手鞠さん、お医者さんをお連れしました」

「ごくろうさま」

女は弱々しい声を出した。

「蘭方医の宇津木新吾です」

新吾は手鞠という花魁を見た。髪の毛は抜け、頬がこけていた。かなり症状が進んでいることがわかった。

「こんな体になったら、もう誰にも相手にされません」

手鞠は自嘲ぎみに言うが、絶望しているようではなかった。

「治ります。きょうから治療をしましょう」

新吾は元気づけた。

「いいんです」

手鞠は弱々しい声で言う。

「何がいいんですか」

「治らなくても」

「なぜですか」

新吾は唖然として言う。

「治ったら、また客をとらなきゃならないでしょう。それより、このままここで死んで行くのを待つほうがいい。それに、こんなになったら、もう治りませんよ。お医者さまから言われました。黴毒と共に生きて行くことを考えなさいって」

「治るものなら治すべきです」

新吾はむきになった。

「いったん治ったんですよ。それでまた働きだしたら、また罹った。いったん罹ったらもう罹らないなんて嘘なんですね」

「それは治ったのではなく一時的に症状が消えていただけなんです。世間は黴毒について間違った考えを持っています」

「治ったんじゃないのですか」

手鞠は小首を傾げた。

「そうです。漢方の薬で、一時的に痛みを和らげていただけです」

「……」

「私に治療させてください」

「いえ」

やはり、手鞠ははかなく笑った。

「このままでいいんです」

「ちゃんと治療すれば治るんですよ」

「いいえ、先生。私は同じ苦界《くがい》で生きるなら病気のほうをとります」

手鞠は毅然《きぜん》とした態度で言う。

「でも、ここで養生出来るのですか」

「……」

「そうですよ、手鞠さん」

小助が口をはさんだ。

「もうこれ以上、仕事が出来ないとわかったら、楼主《ろうしゅ》は手鞠さんをここで養生させないと思います。ここから追い出すのではありませんか。追い出すならまだいい。羅生門河岸の女郎屋に売り飛ばされるのではありませんか」

小助は息巻いて言う。

病気になった女郎の末路は哀れだ。稼げなくなれば、物置のようなところに追いやられ、やがて死ねば投げ込み寺に捨てられる。

美形の手鞠は楼主も治るのを待ってまた稼がせようとするが、働くことが出来ないとなれば容赦なく切り捨てられる。

「手鞠さん、宇津木先生に治してもらいましょうよ」

小助は哀願するように訴える。

「小助さん、ありがとう。でも、いいんですよ。これも、私の定め」

「手鞠さん、私はあなたの病気を治したい。いえ、治します」

確かにここまで進行しているとなると治療は簡単ではない。だが、必ず治してみせる。新吾はそう心に決めた。

「また、参ります」

新吾は離れを出てから、

「小助さん、寮番の方にお会いしたいのですが」

と、頼んだ。

「わかりました」

もう一度、母屋の裏口に行く。

戸を開けて土間に入る。留吉が出てきた。

「留吉さん。蘭方医の宇津木新吾先生です」

「へえ、寮番の留吉です」

「留吉さん、お願いがあるのですが」

「なんでしょうか」

「手鞠さんの治療をさせていただきたいのです」

「治療ですかえ」

留吉は表情を曇らせ、

「今まで往診に来られたお医者さんはもう無理だと仰っておいでででした。ですから、
旦那もお医者さんに診せていません」

旦那というのは『大榊楼』の主人のことだ。

「蘭方の黴毒を治す薬があります。それを投与してあげたいのです」

「ほんとうに治るのですかえ」

留吉は訝ってきく。

「治ります。治してみせます」

「でも、そんな薬、高いのでしょう。旦那が何と言うか」

留吉は暗に無理だと言った。

「薬礼はいりません。ですから、旦那にそう言って、私が往診することを許していただけませんか」

「ただで診てくださるって言うんですか」

「はい」

「なぜですかえ」

留吉は不思議そうにきく、

「私の目の前にいる病人を助けたいのです。薬礼などは二の次です。きょう、ここで会ったのも何かの縁なのです」

「留吉さん。もし、手鞠さんが元気になれば、また稼げるんです。旦那だって、そのほうが助かるはずです」

小助が口添えした。

「そうですね、わかりました。旦那に話しておきます」

留吉は顔を綻《ほころ》ばせ、

「手鞠さんの病気が治るならこんなうれしいことはありません」

と、声を弾ませた。

「明日の夜から参ります。それまでに旦那のお許しを得ておいていただけませんか」

「わかりました」

新吾は何としても手鞠の黴毒を治してやりたいと思いながら、小助とともに『大櫛楼』の寮をあとにした。

雲の切れ間から射してきた月の光が久しぶりに輝いて見えた。

第三章　襲撃者

一

翌朝、新吾は勤番長屋にある医者の詰所に行った。隆光も京安もまだ姿を現していなかった。

薬籠を置いて、新吾は詰所を出て、宗一郎の部屋に行った。

宗一郎はまた連子窓から外を眺めていた。

「田淵さま」

新吾は声をかけた。

宗一郎は振り向いて僅かに頷いただけで、窓の前から離れようとしなかった。

新吾は部屋に上がって窓辺に寄った。

「何か」

新吾も窓の外を見る。他家の武士や商人などが行き交う。特に変わった様子はない。

「提げ重のおりんのことだ」

宗一郎が口を開く。

「勤番長屋は同じような造りがずっと続いている」

「はい」

「他の者にきいたが、提げ重の女を見ていないのだ。いや、ひとりだけ、見ていた者がいた。いい女だったので声をかけたそうだ。だが、つれない感じで素通りして行ったそうだ。風呂敷包《ふろしきづつみ》を提げていたので、まずその女はおりんに間違いない。それに、しばらく行った先で立ち止まったそうだ」

「そこが金谷さまたちの部屋の前ですね」

「そうだ。どうやら、おりんは最初から金谷たちを相手にしようと思っていたようだ」

「金谷さま、正木さま、天見さまの三人ですね。じつは、おりんが田淵さまの誘いを拒んだと聞いたときから、私もおりんの狙いはその三人ではないのかと思っておりました。おそらく」

新吾は間を取り、

「おりんは田淵さまには黴毒を伝染したくなかったのではないでしょうか」

「おりんの狙いは金谷、正木、天見の三人に黴毒を伝染することだったと言うのだな」

「はい」

「なぜか」

宗一郎が連子窓を閉め、ふたりは部屋の真ん中に戻って、差し向かいになった。

「三人に共通しているのは殿の間近で警護に当たるというお役目と、国元の剣術道場で松江の三剣客と言われていることだ。もっとも、天見だけはそのことに不満らしいが」

宗一郎の口調は最初の頃の丁寧なものに戻ることはないようだった。それだけ、今は余裕をなくしているのかもしれない。

「その他には何かありませんか」

「わからん。三人とも女好きだが、女好きの者は他にもたくさんいよう」

「お三方はいつもいっしょに行動されていたのですか」

「同じお役目ゆえ、いっしょのことが多い。国元でも、よくいっしょに女のいるところに行っていた」

「天見さまもいっしょとは意外です。おふたりとは別行動をとるように思えたのですが」

現に、宗一郎とは別に探索をしているのだ。

「奴には奴なりの考えがあるのだろう」

宗一郎は眉根を寄せた。

「そうですね」

おりんと関係を持ったのは今となっては天見鉄之介だけなのだ。宗一郎とは違う思いがあっていっしょに探索をしないのかもしれない。

「おりんは誰かに命じられて三人に近づいたのだ」

宗一郎は言い切った。

「誰だとお考えになりますか」

「うむ」

宗一郎は少し考えてから、

「俺が気になったのは殿の警護から三人を引き離そうとしたのではないかということだ。殿の警護を手薄にするために」

宗一郎は声を落とした。そのことは、新吾も考えたが、今ひとつ腑に落ちないのだ。

「そうだとすると、殿さまに対して何か危害を……」

「よせ」

新吾の言葉を制するように、宗一郎が言った。

「そのようなことは考えたくない」

「しかし、黒幕は屋敷の中にいるということになりますね」

「うむ」

宗一郎は苦しげに唸った。

「田淵さまは七年前のことを覚えていらっしゃいますか」

新吾はためしに口にした。

「七年前だと?」

「はい、前藩主様の死です。この死について、当時どんな噂があったかお耳にしたことはありませんか」

「噂など知らぬ」

宗一郎はとぼけているように思えた。

「では、病名をご存じでしたか」

「わからん。前の殿はこの上屋敷でお亡くなりになった。そのとき、我らは国元にいた。詳しいことは聞かされておらぬ。ただ、急死だったと聞かされただけだ」

「前の殿さまの評判はいかがだったのでしょうか」

「評判？」

宗一郎は厳しい顔になった。

「なぜ、そのようなことをきく？」

「ある噂があったとお聞きしました」

「どんな噂だ？」

鋭い形相で、宗一郎はきいた。

「松江藩の藩主は暴君で、領内の百姓は過酷な年貢取り立てなどでかなり困窮していた。そのため家臣の中には別な藩主を立てようという動きがあったと……」

「……」

「そういう中での殿さまの急死」

「……」

宗一郎は口を閉ざしたままだ。

「田淵さま。いかがなのでしょうか」

「そんなこと、出鱈目《でたらめ》だ」

宗一郎は顔を赤くして言った。

宗一郎が現藩主嘉明派に属しているとしたら、今の噂を認めるはずはない。

「誰がそんな噂をまき散らしているのか知らぬが、そんな昔のことが何か影響しているると思っているのか」

「私の師村松幻宗は当家の藩医でございました。ところが七年前、誤診で藩主を死なせてしまって藩医を辞めたという……」

「そなた、幻宗どのの弟子なのか」

「はい。幻宗先生をご存じでいらっしゃいますか」

「話に聞いていた。俺が殿のお供で出府するようになった頃はもう辞めておられた」

「そうでしょうね」

幻宗が辞めた七年前、宗一郎はまだ二十歳ぐらいだ。

「そなたが当家に来たのは幻宗どのの弟子だからか」

宗一郎が怪訝《けげん》そうにきいた。

「ご家老さまからはそうではないとお聞きしました。でも、そうでなければ、どうしてご家老さまが私に目をつけたかがわかりません」

「……」

またも、宗一郎は思案顔になった。

「それから、今まで黙っていましたが、私は二度、賊に襲われました」

「襲われた?」

宗一郎の顔色が変わった。

「侍です。正木さまと金谷さまの件と関わりがあるかどうかわかりません」

新吾は慎重に答える。

「そなたはこの屋敷内で対立が起こっていると見ているようだな」

「いえ、証があるわけではありません」

近習の高見左近から、公儀隠密間宮林蔵の思惑を調べるように命じられたことは口にするわけにはいかなかった。

「まあいい。ともかく、おりんを捜すしかない。小助のほうはどうか」

「いろいろ聞き回ってくれています」

「しかし、小助はおりんを知らないのだ。小助だけに頼るのは限界がある。あと九日だ。とうてい無理だ」

宗一郎は弱音を吐いた。

「ひょっとして、天見さまには何か心当たりがあるのではないですか。だから、ひとりで動いているのでは？」

新吾が思いついたことを口にした。

「俺もそんな気がしている。なにしろ、天見が一番、正木、金谷のことを知っているはずだ。ふたりが殺されたわけも想像がついたのかもしれぬ。やはり、天見と手を組まねば埒《らち》があきそうもない」

宗一郎は急に立ち上がった。

「どちらに？」

「天見のところだ」

宗一郎は土間に下りた。

新吾もあとについた。

宗一郎は鉄之介の部屋の前に立った。戸に手をかけたとき、隣の部屋に目をやった。

金谷富十郎が住んでいた部屋だ。

「正木も金谷も骸《むくろ》になった」

宗一郎はやりきれないように言い、戸を開けた。

「天見、いないのか」

土間に入って、宗一郎は声をかける。

土間に履物はない。

「でも、刀は置いてありますから、外出ではなさそうです」

新吾は部屋を見回して言う。

「では、すぐ戻ってこよう。俺は待っている」

宗一郎は勝手に部屋に上がった。

「私は詰所に戻ります」

そう言い、新吾は詰所に戻った。

隆光が来ていて、

「どこに行っていたのだ?」

と、いきなりきいた。

「すみません、ちょっと」

新吾は曖昧《あいまい》に答えてから、

「何かございましたか」

と、きいた。

「何があったかではない。わしが来るまで待つものだ。打ち合わせが出来ぬではないか」

「申し訳ありません」

難癖《なんくせ》だということはわかっていたが、新吾は謝った。

「改めて、打ち合わせを」

「もうよい」

隆光は不快そうに顔をそむけた。

「京安さまは？」

「きょうは来ぬ」

「近頃、京安さまはあまりお顔をお出しになりませんが？」

「知らぬな」

隆光は冷たく言う。

しばらくして、

「宇津木どのに任せておけばわしがいなくてもよいな」

そう言い、隆光は立ち上がった。

「お帰りですか」

「そうそう、そなたが部屋を留守にしている間、高見左近さまのお使いがお見えでな。きょうは中止だと伝えてくれと」

「そうですか。ありがとうございます」

「ではな」

隆光は口元に笑みを浮かべて引き上げた。

新吾は今の笑みが気になったが、追い掛けて意味を問い質すわけにはいかなかった。

しばらくして、若い武士が入ってきた。

「高見左近さまの使いです」

「最前、いらっしゃいましたが」

「はい。ではお言づけをお聞きになりましたか。万が一、伝わっていないと困ると思い、もう一度参りました」

「それはごくろうさまにございます」

「いえ。では、きょうはいつもの御座の間ではなく、庭の四阿《あずまや》にて……」

思わず、新吾は声を上げそうになった。

「何か」

「いえ」

「時間がきたら庭のほうにお出でください。私がご案内申し上げます」

「わかりました」

使いの侍が引き上げて、新吾は憤然とした。隆光は嘘をついたのだ。新吾はため息をついた。

案内の若い侍に連れられ、庭の四阿に行くと、嘉明公と高見左近が待っていた。

四阿は小高い丘の上にあり、泉水が見下ろせ、かなたに御殿の廊下が見えた。が、その他に、警護の侍が目に入った。

「座られよ」

左近が促《うなが》す。

新吾は木の腰掛けに腰を下ろした。嘉明公は悠然と腰掛けに座っていた。

「宇津木新吾、ここに呼んだのは、ここなら誰にも聞かれる恐れがないからだ。そなたも遠慮なく話せるだろう」

左近が口を開いた。

「はい」

新吾は身を引き締めた。何かを問い質すつもりなのか。

「正月はここで野点《のだて》を行う。そなたは茶のほうは？」

嘉明が口を開いた。

「いえ、心得がございません」

新吾は頭を下げる。

「茶の素養も大事だ」

「はっ」

「その後、間宮林蔵と会ったのか」

左近がきいた。

「いえ」

「そうか。一昨日、間宮林蔵らしき男が下屋敷の周辺に現れたという知らせがあった。いずれ、そのほうの前に現れよう」

「……」

「あの男が何を調べているのか。もし、誤解があれば解かねばならぬ。間宮林蔵がそなたの前に現れたら、必ず次にもまた会えるようにするのだ」

左近は命じた。

「恐れながら」

新吾は遠慮がちに、

「私は藩医として抱えられた者と思っております。間宮林蔵さまの件は私の医師としての役目を逸脱しているように思えるのですが」

と、問い返した。

「まるで、私をこのために藩医の名目で招いたのではないかと……」

「そなたの不審はもっともだ」

嘉明が素直に受けた。

「しかし、そなたを招いたのは藩医としてだ」

「私が村松幻宗の弟子だからでしょうか」

「宇津木どの」

左近が口をはさむ。

「そのような問い掛けは殿に対して無礼であろう」

「よい」

嘉明は左近を制して、

「幻宗とは関係ない」

と、はっきり言った。

「では、なぜ、私を?」

新吾に松江藩のお抱え医師の話を持ってきたのは、上屋敷に出入りしている小間物屋の喜太郎だった。

往診の新吾を見て白羽の矢を立てたようなことを言っていたが、信じることは出来ない。幻宗絡みでなければ、なぜ新吾が松江藩の目に止まったのか。

「殿」

左近が嘉明に声をかけた。

「この話はまた後日に」

「うむ」

嘉明は頷いた。

左近は新吾に顔を向け、

「宇津木どの。時期がきたら話す。ご苦労であった」

と、切り捨てるように言った。

「わかりました」

頭を下げ、立ち去ろうとすると、

「待て」

と、左近が呼び止めた。

「明日からしばらく休止する」

「休止？」

「こちらから声をかけるまで来るに及ばぬ」

左近は理由を言おうとしなかった。

新吾は割り切れない思いで下がった。

いったい左近は、いや嘉明公は新吾に何をやらせようとしているのか。間宮林蔵との折衝《せっしょう》か。それより、嘉明公が接見を中止するのはなぜか。

やはり、何か屋敷内で起こっているのではないか。新吾は複雑な思いで、勤番長屋に向かった。

途中、宗一郎の部屋を覗いたが姿はなかった。外出したようだ。何か目当てが見つかったのか。

新吾は詰所に戻り、薬籠を持って日本橋小舟町の家に帰った。

二

三人の患家の家に往診をしてから、夕方になって新吾は橋場に向かった。

橋場にやって来たときは暗くなっていた。

新吾は『大櫛楼』の寮に入り、裏口にまわって寮番夫婦を訪ねた。

留吉が出てきて、

「旦那が、薬礼がいらないなら、ぜひお願いしたいということでした」

「でも、手鞠さんはいいって言うんですよ」

留吉のかみさんが横合いから痛ましげに言った。

「そうですか」

「でも、先生が言えば……」

留吉がすがるように言う。

「なんとか説き伏せてみます」

「じゃあ、どうぞ」

新吾は留吉のかみさんの案内で離れに向かった。

戸を開けて土間に入り、

「手鞠さん、お医者さんが参りました。ここ、開けますよ」

と、かみさんが真っ暗な部屋に向かって声をかけた。

「どうぞ」

かみさんが障子を開け、部屋に上がった。

行灯に灯を入れる。ほんのりした明かりの中に、半身を起こした手鞠の姿が浮かび上がった。

垂れた髪が痣の出来た顔の半分を隠し、青白い顔に憂いがちな目。思わずぞくっとするような妖艶さに、新吾は息を呑んだ。さすがに、吉原の大見世にいた花魁だ。しこりゃ痣を隠せば男を虜《とりこ》にするに違いないと思った。

「じゃあ、お願いします」

かみさんの声で、新吾は我に返った。

かみさんが引き上げてから、

「手鞠さん、『大櫛楼』の旦那の許しを得ました。どうか、私に治療をさせてください」

と、新吾は訴えた。

「困ります」

手鞠ははかなげに首を横に振った。

「しかし、このままではやがて鼻が落ち、さらに、進めば全身が蝕《むしば》まれ……」

黴毒の末期の悲惨な症状を説明し、

「どうか、治療をしましょう」

「いえ、昨日も申しましたように、治療はいたしません」

「それではもっと苦しいことになります」

「治っても、同じことです。私は病気になったおかげで客をとらずに済むようになったのです。もう、あそこには帰りたくありません」

「しかし……」

「先生のご厚意には感謝いたします。でも、私はこのままで静かに死を待ちます」

手鞠の気持ちは固かった。

「妓楼《ぎろう》に戻っても、いつか年季が明け、あるいは身請けされることもあります。たとえ苦しくても、明るい望みも描けます。でも、治療しなければ悪くなる一方です」

「構いません。いえ、それが望みです」

「……」

新吾はかける言葉を見いだせなかった。

大きく深呼吸し、気持ちを落ち着かせてから新吾は、

「手鞠さんはお国はどこなんですか」

と、話題を変えた。

「信州《しんしゅう》です」

「ふた親は御達者で？」

「だと思います。もう何年も会っていませんし……」

「信州に帰りたいと思わないのですか」

「帰ったって、暮らしていけません。貧しい百姓家にもう私の居場所はありません。私は八人兄弟の長女ですから……」

手鞠はしんみり言う。

「好きなお方は？」

「いません」

手鞠は寂しそうに言う。

「親しい知り合いもいません。でも、私は何とも思っていません。特にこんな体になってからは、知り合いがいなかったことにほっとしているんです。泣いてくれるひとがいなければ、私も気兼ねなく死ねますから」

「なぜ、死ぬことばかり考えるのですか」

「いいえ」

手鞠ははかない笑みを浮かべて首を横に振った。

「私は苦界に身を沈めたときから死んだと思っています。ですから、今ここにいる自分は仮の姿なんです。ですから、いつ死んでもいいんです」

「そんな……」

「ただ、自ら命を絶つつもりはありません。静かにお迎えを待つ、それだけです」

「もっとしぶとく生きていこうとは思わないのですか」

「思いません」

手鞠はだるそうな様子だった。

「どうぞ、横におなりください」

新吾は勧めた。

「では、そうさせていただきます」

手鞠は横になった。

「ちょっとお伺いしてよろしいですか」

仰向けになった手鞠に、新吾は声をかける。

「はい」

「吉原で、黴毒に罹っている妓《こ》はたくさんいるのでしょうか」

「おります。でも、ほとんどはぼろぼろになるまで客をとらされて、悪くなって物置のような暗い部屋に寝かされ、放っておかれます」

「では、手鞠さんのように出養生出来るのは？」

「あまりいません。ましてや、私のように黴毒で出養生しているのは数えるくらいしかいないと思います」

「おりんというひとを知りませんか」

「小助さんからもきかれましたが……」

手鞠は首を横に振った。

少し息が荒くなっていた。疲れたのだろう。

「また、明日来ます」

「来ていただいても無駄です」

「でも、参ります。失礼します」

新吾は立ち上がった。

離れから母屋の裏口にまわり、留吉夫婦に挨拶をして『大櫛楼』の寮を出た。

今戸に差しかかって寺が並んでいる一帯に出た。

人通りは絶え、この辺りは深夜のような静けさだった。

新吾は歩調を緩めた。前方に殺気がしていた。

そのまま前に進んで行くと、寺の脇にある松の樹の陰から黒い影が現れた。黒い布で顔を隠したふたりの侍だ。

「先日の御仁だな」

新吾は立ち止まって声をかける。

背後に殺気を感じて振り返る。編笠の侍が近づいてきた。

「今宵は三人掛かりか。待て」

新吾は薬籠を樹の陰に置き、改めて三人に向かい合った。

「誰に頼まれた?」

「……」

やはり、相手は無言だ。

相手がいっせいに刀を抜き、切っ先を新吾に向けた。

そう言い、新吾は刀の柄に手をかける。その隙をついて、長身の侍が上段から斬り込んできた。

「今宵は容赦せぬ」

新吾も抜刀し、相手と激しく打ち合い、相手が怯《ひる》んだところに刀の峰を返して相手の胴を目掛けて踏み込んだ。が、中肉中背の侍が横合いから裂帛《れっぱく》の気合で斬りつけた。

新吾はすぐ体勢を戻し、相手の剣を弾く。相手は攻撃の手を緩めず、果敢に攻め続けた。

新吾は防戦しながら徐々に形勢を逆転させ、中肉中背の侍を追い詰めた。だが、今度は編笠の侍が激しい勢いで突進してきた。

新吾はそのほうに剣を向け、相手の剣を鎬で受け止めた。相手は渾身の力で押し込んでくる。新吾も押し返す。

鍔迫り合いになって、近くになった相手の顔を覗き込む。相手は背後に飛び退いた。

新吾は猛然と相手を追い、剣を打ち下ろした。

編笠の侍が避け、切っ先が額に浅い傷をつけた。侍はあわてて踵を返した。

「退け」

そう叫ぶと、あとのふたりも逃げだした。

新吾は刀を鞘に収めた。

編笠の侍は顔を見られることを恐れたのだろうか。やはり、屋敷にいる人間か。

薬籠を持ち、新吾は帰途についた。


翌朝、上屋敷の門を潜り、勤番長屋の詰所に向かう。

途中、出会った武士の額につい目をやっていた。昨日の賊が上屋敷の者とは限らないが、決してあり得ないことではなかった。

待った。

詰所に着いたが、隆光と京安はまだ来ていなかった。きょうは隆光が顔を出すまで
やがて、隆光がやって来た。

「隆光さま。おはようございます」

「うむ」

「きのうはお言づけありがとうございました。おかげで、場所が変わったことがわかりました」

「厭味か」

隆光は顔をしかめた。

「厭味とは？」

「なんでもない」

不機嫌そうに、隆光は顔をそむける。

「ちょっと出かけてきます」

隆光に断り、新吾は詰所を出た。隆光はちらっと冷たい目をくれただけだった。

宗一郎の部屋に行く。

戸を開けたが、返事がない。土間に入って部屋を見る。宗一郎の姿はなかった。も

う出かけたのか。

諦めて詰所に戻りかけたとき、天見鉄之介の部屋から宗一郎が出て来るのに行き当たった。

「田淵さま、こちらでしたか」

「何か」

宗一郎は厳しい顔つきできいた。

「いえ、きのうどこかお出かけのようでしたので……」

新吾は宗一郎の様子が昨日までと少し違うように感じた。

「どうかしましたか」

「何がだ？」

宗一郎は冷たく言い、新吾の脇をすり抜けた。

「田淵さま」

新吾は追い掛けた。

「やはり、何かございましたね」

「……」

首を横に振り、宗一郎は自分の部屋に向かった。

新吾は呆気にとられた。が、気を取り直し、鉄之介の部屋に行った。

戸を開け、声をかける。

「入れ」

中から声がした。

新吾は土間に入った。

「そなたか」

鉄之介が眉根を寄せた。

「田淵さまの様子が昨日までと違うのですが、何かあったのでしょうか」

「諦めたのであろう」

「何をですか」

「正木と金谷を殺した下手人を捜し出すことだ。あと八日だ。時間だけがどんどん過ぎる。お手上げだからな」

「でも、それを承知で探索に臨まれていたのです。なぜ、急にそんな気持ちになったのでしょうか」

「冷静に考えてのことだろう」

「天見さまとどんなお話を?」

「探索は無理だということを話し合った」

「天見さまも同じ気持ちなのですか」

「そうだ。手掛かりはまったくない。おりんを捜すというが、おりんのことが今回の件に絡んでいるという証はないのだ。まったく別の理由かもしれぬ」

「別の理由と仰いますと？」

「正木は岡場所でごろつきと喧嘩《けんか》になったことがあって、殺された夜に偶然にその男と出会ったのかもしれない」

「でも、正木さまは油断していたのです。油断をする相手だったのです。因縁の男に対して油断していたとは思えません」

「……」

「下手人は屋敷内にいるとは思えませんか」

「屋敷の中だと？」

「はい。それなら油断していたこともわかります」

「ふたりとも匕首で刺されているのだ。屋敷の者なら刀を使うだろう、下手人は町人と考えるほうが無理がない」

「疑いを外に向けるために、わざと刀ではなく、匕首を使ったとは考えられませんか」

「それはない。屋敷内で、対立などないのだ」

鉄之介は言い切った。

「天見さまも下手人を捜すのは難しいとお考えですか」

「無理だろう」

「しかし、金谷さまは正木さまが殺された理由を知っていたのではありませんか。だから、そのことを調べていて殺されたのでは？」

「金谷はそうかもしれない。ふたりはかなりつるんでいたからな。だが、俺はふたりが何をしていたかは知らない」

鉄之介はそう言って顔をそむけた。

「正木さまと金谷さまの敵を討つという熱い思いはどうなさったのでしょうか」

「……」

「組頭さまにはなんと？」

「下手人は捕まらずとも、それなりの報告はする。心配はいらぬ」

「しかし」

「くどい」

それ以上の話し合いを、鉄之介は激しく拒んだ。

「わかりました。失礼します」

新吾は当惑しながら詰所に戻った。

隆光の姿はなかった。もう帰ったようだ。一般の武士や中間など、少々のことでは医者にかかろうとしないので、ほとんどすることはない。いないときに急患が出たら、住まいまで呼びに行けばいいのだ。

だから、朝、顔を出しただけでさっさと引き上げてしまう。あとは新吾は昼前まで詰所でひとりで過ごす。

だが、この時間は新吾にとって貴重だった。医学書を読むことが出来るからだ。

今、新吾はもう一度、「スウィーテンの水銀水治療法」についての訳書を開いた。徽毒治療のための薬の処方が記されている。

断られたが、新吾はまだ手鞠の治療を諦めたわけではない。ただ、あそこまで進行していると、薬の処方が難しい。常に薬の効果を見ながら投与の回数を変えていかねばならない。

戸が開いて、小助が入ってきた。

「宇津木先生」

小助が困惑した顔つきで土間に立った。

「どうか、なさったのですか」

新吾は写本を閉じ、立ち上がって上がり框まで行った。

「いま、田淵さまにお会いしてきたのですが、おりんの調べはもういいと言われました」

「……」

「なぜですかって訊ねても、何も仰ってくださらないのです」

「諦めた感じです」

「諦めるですって。なぜ、ですかえ」

「わかりません。何の手掛かりもないので探索は無理だと匙《さじ》を投げたようですが、まだ八日を残しています。なのに急に心変わりした理由が何なのか、要領を得ません」

新吾は首を傾げた。

「私はどうしたらいいんでしょうか」

「田淵さまがそう仰るなら、これ以上のお手伝いはお止めになるべきでしょう」

「そうですね」

小助はため息をついた。

「でも、小助さん。私はおりんの探索を続けたいのです。手を貸していただけませんか」

「よろしゅうございます。喜んで」

「ありがとうございます。やはり、今の時点での手掛かりはおりんです。引き続き、おりんを捜しましょう」

「わかりました。では」

小助が引き上げた。

宗一郎の変化は何かがあったのだ。昨日、宗一郎は外出した。その先で何かあったのだ。そうとしか考えられない。

昨日、宗一郎はどこに行ったのか。昨日は鉄之介も外出したようだ。偶然か。いや、ひょっとしたら、宗一郎は鉄之介のあとをつけたのではないか。新吾はそのことを考えていた。

三

その日の夕方、新吾は幻宗の施療院に行った。

着いたときはまだたくさん患者が待っていた。

施療院に来られない重症の患者には往診するが、施療院に患者が通ってくる。そのほうが患者をたくさん診ることが出来る。なにしろ、無料で病気を治してくれるのだから、病気になっても医者にかかることが出来ない貧しいひとたちで毎日あふれ返っていた。

暮六つを過ぎて、最後の患者が帰った。

いつものように内庭に面した濡縁に幻宗が落ち着くのを待ってから、新吾は幻宗のもとに赴いた。

幻宗は一日の終りに庭を眺めながら湯呑みに一杯だけ酒を呑んで心を落ち着かせる。そんな憩《いこ》いのひとときを邪魔することに気が引けながら、新吾は幻宗の傍に行った。

「先生。いま、よろしいでしょうか」

新吾は遠慮がちに言う。

「うむ、構わん」

幻宗が顔を向けた。

「じつは黴毒が重症の病人がいます。吉原の『大櫛楼』の手鞠という花魁です。今、橋場の寮で出養生をしているのです」

新吾はすこし間を置いて、

「ところが、治療を拒んでいるのです。黴毒が治ったらまた客をとらされる。同じ苦界なら病苦のほうがましだと言うのです。髪が抜け、鼻が欠け、やがて死ぬようなことがあってもいいとまで……」

と、やりきれないように言う。

「生きていればよいことがあるというようなことを言っても、すでに観念してしまっているのです」

「自ら命を絶つ気配は？」

幻宗がきいた。

「それはないようです。自分でも、自ら命を絶つつもりはないと言ってました」

「ならばまだ救いはあるが……」

幻宗は暗い顔つきで言う。

「どのように説き伏せたらよいでしょうか」

「家族や仲のよい者はいないのか」

「家族とは縁を切ったも同然で、仲のよい者もいないようです」

「好きな男もいないのか」

「おそらく」

「そうか」

「なんとか治してあげたいのです。どうしたら、治療を受けてくれるようになるか。このままでは治療は受けないと思います」

「黴毒を治してやるということは、また手鞠という花魁に客をとらせるということだ。それでもいいのか」

幻宗は難問を突き付けるようにきく。

「はい。それでも命さえあれば、明るい望みも生まれるかもしれません。辛い先に明かりが……」

「患者を診ていないので何とも言えぬが、黴毒が治ったとしてもしこりや痣が残り、大見世では働けなくなるだろう。そうしたら、楼主はもっと下級な羅生門河岸の女郎屋に売り飛ばすかもしれない」

「……」

「手鞠の黴毒を治すことは、今度は羅生門河岸で働かせるということになる。そのために黴毒を治してやるのか。それこそ、生きて地獄に送り込むことになるのではないか。それでよいのか」

「それは……」

新吾は困惑して、

「先生、どうしたらいいんですか」

幻宗は大きくため息をつき、

「わしにもわからん」

と、首を横に振った。

「先生は、目の前にいる患者を治すのが医者の務めだと仰っていました。いつぞやも、瀕死の重傷を負った殺人鬼の治療をしました。獄門になるとわかっていながら」

「そうだ。目の前に傷病で苦しんでいる患者がいれば放っておけない。治すのが医者の務めだ。傷病が治ったあとの患者がどうなるか、そこまで考えてはいけない。考えるのは傷病を治すことだけだ。ただ、こういうことは言える。殺人鬼は確かに死罪になるのが明らかだが、極悪人のまま地獄に送るより、真人間にならずとも、傷が治ることで己の犯した罪に向き合うことが出来れば罪を悔いるようになるかもしれない。そうなったら、たとえ死罪になったとしても穏やかに死んでいけるかもしれない」

そこで幻宗は息継ぎをし、

「しかし、手鞠という花魁の場合は少し違う」

と、呻《うめ》くように言う。

「治療を拒んでいるからですか。治療を拒む患者には治療をしなくていいのでしょうか」

「治療を拒むのは、もう治らないものと絶望している場合もあるだろうし、お金のことを考えている場合もあろう。それなら解決出来る。必ず治ると説き伏せたり、金の心配はいらないと言えばいい。だが、この手鞠という花魁の場合はわしにもわからぬ」

珍しく幻宗が苦しげに言った。

「羅生門河岸で安女郎として生きていくか、髪の毛が抜け、鼻が落ち、やがて体を蝕まれて死んで行くほうがよいか。そなたならどうだ？」

「安女郎でも生きていたほうが……」

他人だから、そう言えるが、女の身としては耐えられないかもしれない。全盛期は大見世できれいな着物を着て、白い飯をたらふく食べて、柔らかなふとんで眠ることが出来た。だが、羅生門河岸の女郎屋では暮らし振りは一転する。

それでも生きていればいいことがあるかもしれない。新吾はそう思った。

「だが、それは苦界を知らぬ者だから言えることかもしれない」

「では、どうすればよろしいのでしょうか。このまま、なにもせずにいたほうがよいのでしょうか」

「そなたが、どんな形であれ、生きていたほうがいいと思っているなら、自分の考えを貫くのだ」

「でも、どうしたらいいんでしょうか」

「自分が信じていることを相手にわからせるのだ。どんな形であれ、生きていたほうがいいという思いを伝えるのだ。もっと言えば、羅生門河岸の安女郎になっても生きていくべきだと言い聞かせるのだ」

幻宗は眉根を寄せ、

「それでも、手鞠はなかなか承諾しまい。あとは、そなたと手鞠の闘いだ」

「闘い……」

新吾は呟く。

「手鞠を解き伏せられるかどうか、そなたの思いが手鞠に通じるかどうか、悔やむことがないように立ち向かっていくのだ」

「先生、わかりました。手鞠の黴毒を治してみせます」

新吾は闘志が漲ってくるのを感じ取った。

「うむ。その意気だ。ただ、黴毒が進んでいると、薬の配合が難しい。そのことを十分に気をつけるのだ」

「はい」

新吾は気持ちが固まった。

すっきりした気持ちで、新吾は幻宗の施療院を出た。

治療を拒んでいるのは手鞠だけではない。天見鉄之介も同じだ。鉄之介にも治療を受けさせようと、新吾は医師として毅然とした態度で立ち向かおうと思った。

高橋を渡り、小名木川沿いを急いでいると、案の定、つけてくる者があった。例の侍であろう。

新吾はこのことも計算のうちだった。これまで三度の襲撃に遭ったが、相手をとり逃がしてきた。

今度は相手に手傷を負わせてでも取り押さえ、誰に頼まれたかを白状させるつもりだった。

万年橋に近づいたとき、背後から殺気が迫ってきた。凄まじい気迫が伝わってくる。

新吾は刀の鯉口《こいぐち》を切った。

次の瞬間、無言のまま殺気が襲いかかった。新吾は振り向きながら抜刀し、迫っていた相手の剣を弾いた。

相手はそのまま新吾の脇をすり抜け、五間（約九メートル）先で止まり、振り向くや、またも忽然《こつぜん》と剣を肩に担ぐようにして背を丸めて突進してきた。

新吾は相手が迫る寸前に横っ飛びに避けたが、相手の剣は正確に新吾の眉間に斬り下ろされた。

新吾は鎬で受け止めた。激しい衝撃が手に伝わる。だが、相手は素早く飛び退き、また五間ほど下がった。黒い布で顔を覆っていたが、今までの賊とは別人だ。

「新たに雇われた者か」

新吾は問い質す。

またも、相手は剣を右肩に担ぐように構え、腰を落とした。新吾は正眼に構えていたが、相手が動くと同時に剣を脇構えに足を踏み込んだ。

両者が迫って、相手の肩から振り下ろされた剣が襲いかかるより早く、新吾の剣が相手の右の二の腕を斬った。

だが、相手は身を翻して新吾の剣を避けた。

再び、両者は五間の距離をはさんで向かい合った。

そのとき、背後にひとの気配がした。さっと目をやると、先日の黒い布の侍がふたり新吾の背後に立った。

「現れたか」

新吾は体を移動し、左右に目をやる。

三人同時にかかってこられたら不利だ。助かるには相手を斬り殺すことも考えないといけなかった。

「無用な殺生はしたくない」

新吾は賊に言う。

「だが、それでもかかってくるというなら、容赦せぬ」

新吾は剣を下段にかまえて左右の敵に備えた。

「その前に、宇津木新吾と知っての襲撃か。それだけでも教えてもらいたい」

「そうだ。宇津木新吾を斬れと命じられている」

長身の侍がやっと口を開いた。

「命じたのは誰か」

「知らぬ」

「知らない？」

「行くぞ」

長身の侍と中肉中背の侍が抜刀した。

新吾は剣を顔の前に立てて構えた。最前の賊がまたもや肩に刀を担ぐようにして構え、ふたりの侍は新吾の背後にまわった。

突進してきた侍の剣を避けた隙を狙ってふたりが襲いかかってくるつもりなのだ。待っていては不利になる。そう踏んだ新吾は肩に刀を担ぐようにして構えた賊が動く寸前にいきなり相手に向かって突進した。

不意を突かれて、相手は驚愕したように立ちすくんでいる。その相手の利き腕目掛けて剣を払った。

だが、切っ先が二の腕に突き刺さる寸前に相手は横っ飛びに避けた。新吾の剣は空を切った。

一瞬何が起こったのかわからなかった長身の侍と中肉中背の侍は、ようやく我に返って襲いかかってきた。

新吾がふたりを相手に剣で打ち合っている間に、最前の賊が刀を肩に担ぐように構え、新吾への攻撃の間を計っていた。

新吾はふたりの攻撃を払いのけ、もうひとりの侍の攻撃に備えた。

そのとき、暗闇から黒い影が飛び出してきた。

「待て」

裁っ着け袴に饅頭笠の侍が駆けつけてきた。

「怪しい奴」

饅頭笠の侍が叫び、刀を抜いた。

ひとりがいきなり逃げ出した。他のふたりも体の向きを変えて走り出した。新吾は追っても無駄だと思った。

「間宮さま」

新吾は声をかけた。間宮林蔵だった。

「何者だ?」

林蔵がきいた。

「わかりません。今夜で三度目の襲撃です」

「三度目?」

「はい。心当たりはありません」

新吾は首を横に振ってから、

「それより間宮さまはなぜここに?」

と、窺うように饅頭笠の下の顔を見る。

「幻宗のところに行くところだ」

「幻宗先生のところ？　まだ、先生の支援者のことですか」

施療院を運営する元手がどこから出ているか、いまもなお探っているのかと、新吾は呆れたようにきいた。

「違う」

「では、なんですか」

「そなたには関係ない」

「間宮さま、少しお話をしていただけませんか」

林蔵から話を聞くいい機会だった。

「何をだ？」

「松江藩で七年前に起こったことに関してです」

「……」

「間宮さま、教えてください」

「すでに話したことだ」

「前藩主は病死したのですか。それとも毒で殺されたのですか」

「わからぬ」

「しかし、以前に毒殺と仰いました」

「あくまでもそういう噂があるということだ」

「幻宗先生が誤診して藩主を死なせてしまったというのも噂なんですね。その噂というのはどこから出ているのですか」

新吾は夢中できく。

「間宮さまはどう思っていらっしゃるのですか」

「……宇津木どの。松江藩のほうで何か頼まれたな」

林蔵は鋭くきいた。

新吾はすぐ返事が出来なかった。

「図星か」

「間宮さまは今も松江藩で何かあるとお考えなのですか」

「別に」

「でも、松江藩は間宮さまの動きを気にしています。なぜなのでしょうか」

「勝手に騒いでいるだけだろう」

「間宮さま。最前の賊は私が松江藩のお抱えになってから現れました。それから、最近殿さまの間近で警護に当たる武士がふたり殺されました。私が襲われた件と関わりがあるかどうかはわかりませんが、今松江藩で何かが起こっているような気がしてなりません」

「宇津木どの。仮にわしの考えがあったとしても、松江藩に筒抜けになるようでは話は出来ぬ。そうであろう」

「……」

「では、また会おう」

「お待ちください」

新吾は引き止める。

「せめて幻宗先生が藩医をやめた理由について……」

「幻宗にきけばいいではないか」

林蔵は口許を歪め、

「幻宗が語らないのにわしが語っても想像でしかない」

そう言い、林蔵は小名木川を高橋のほうに向かった。

やはり、林蔵は松江藩のことを何か調べているのだ。いったい、松江藩で何が起こっているのか。

新吾はまだ暗闇を彷徨《さまよ》っていた。

四

翌朝、新吾は勤番長屋にある詰所に顔を出した。

隆光がやって来るのを待って、新吾は詰所を出た。

新吾は天見鉄之介の部屋に行った。

戸を開けて土間に入る。まだふとんが敷かれ、鉄之介は横になっていた。

気配に気づいて、鉄之介が目を開けた。

「昨夜、遅かったのですか」

「遅くはない」

「そうですか」

「なんだ、朝っぱらから」

「天見さま、黴毒の治療をいたしませんか。きょうはそのことをお話ししたいと思って参りました」

新吾は切り出す。

「俺はだいじょうぶだ」

「いえ、今は一時的に症状が消えているだけなのです。やがて、症状が出はじめたら、さらに重い症状になります。そうならないうちに、ぜひ」

「隆光先生は治ったと言った。心配いらぬ」

「治っているわけではないのです。ですから、天見さまが他の女子に黴毒を伝染すことが十分に考えられます。それを防ぐためにも……」

新吾は鉄之介の顔を見て、はっとした。

「天見さま、お顔が赤いようです。熱がおありではありませんか」

「たいしたことではない。ときたまだるくなるがすぐよくなる」

「これまでにもだるくなることがおありなのですね」

「うむ」

「天見さま、ぜひ治療を」

新吾は迫った。

「わかった。だが、あと七日待て」

「七日？」

「あと七日以内に、正木と金谷を殺した下手人を見つけだす。そうしたら、そなたの治療を受けよう」

「もし、それまでに下手人が見つからなかったらどうなさいますか」

「心配するな。それでも治療は受ける」

「間違いありませんね」

「うむ」

「わかりました」

新吾は胸を撫で下ろしてから、

「下手人を見つけだす当てはあるのですか」

と、きいた。

「ある」

「それはなんですか」

「言えぬ。すべてけりがついてから話す」

もう話すことはないというように、鉄之介は背中を向けた。

「失礼します」

新吾は辞去した。

嘉明公の接見がないので、新吾は昼前に上屋敷を出た。

詰所に医者がいないときに急患が出たら、まず隆光の家に使いが走ることになっている。隆光の家は元鳥越町で上屋敷からそれほど離れていない。

日本橋小舟町の家に帰る途中、浜町《はまちょう》堀で小者を連れた同心の津久井半兵衛の姿を見かけた。

「津久井さま」

新吾は声をかけた。

「ああ、宇津木先生」

半兵衛は冴えない表情を向けた。

「どうかなさったのですか、なんだかお疲れのようですが」

新吾は心配してきいた。

「だいじょうぶです。これからお家のほうにお邪魔しようとしていたので、ちょうどよかった」

半兵衛はほっとしたように言う。

「何でしょうか」

「提げ重の女を捜し回ったのですが、手掛かりはありませんでした。誰も提げ重の女を見ていないんです。盛り場の顔役や女郎屋の主人、地回りの連中などにも聞込みをしてみましたが提げ重の女のことを知っている者は誰もいませんでした。もちろん、おりんという女も知りません」

「……」

「どうやら、おりんは正木仁太郎と金谷富十郎に近づくために提げ重の女になって勤番長屋に行ったようです」

「そうですね」

宗一郎の考えも同じだった。おりんは正木仁太郎と金谷富十郎、そしてもうひとり天見鉄之介に黴毒を伝染す狙いだったのだ。

「おりんの復讐ではないのですか」

「復讐……」

「おりんはもっと以前にふたりの侍と会っていたのではないですか。ふたりが死んでしまった今となってはおりんとの因縁はわかりませんが」

「津久井さま、とても参考になりました」

新吾は礼を言った。

「いや、このぐらいしか出来ませんでした。勤番長屋の武士に聞込みが出来るならともかく、我らはこれ以上動き回っても何の手掛かりも得られそうもありません。これでこの件から手を引くことにいたします。このことをお伝えに行こうと思っていたのです」

「そうですか」

「もし、何かお手伝い出来ることがあれば仰ってください。とりあえず、これで。では、失礼します」

半兵衛は小者といっしょに去って行った。

（復讐か）

新吾は家に帰ってからも、半兵衛の言葉が脳裏から離れなかった。復讐だという半兵衛の考えが正しいように思えた。

金谷富十郎は提げ重の女のおりんと三月ぐらい前に出会ったと言っていたが、ほんとうはもっと以前に出会っていたのではないか。

そのとき、天見鉄之介を含めた三人はおりんに対して何かしたのではないか。

嘉明公が参勤交代で江戸にやって来たのは今年の四月だ。仁太郎、富十郎、鉄之介もいっしょに出府した。

それから四月《よつき》か五月《いつつき》、三人はおりんに会っているのではないか。そこで何かがあった。それから三月ぐらい経って、おりんは提げ重の女として三人の前に現れた。このとき、おりんは黴毒に罹っていた。

おりんには黴毒を三人に伝染してやろうという狙いがあったのだ。何かわからないが、ある復讐のためだ。

その復讐の対象に田淵宗一郎は入っていない。だから、おりんは宗一郎を拒否したのだ。宗一郎に黴毒を伝染さないためであろう。

この考えは大きく外れていないような気がした。


夕方、新吾は橋場の『大櫛楼』の寮に赴いた。

門を入ったときに、暮六つの鐘が鳴りはじめた。寮番夫婦に挨拶をすると、夕餉は終わっているはずだと留吉のかみさんが応じた。

新吾は離れに行った
「手鞠さん。宇津木新吾です」

土間に入って声をかける。

「どうぞ」

「失礼します」

障子を開けると、手鞠はふとんの上に起きていた。手に合巻を持っていた。小助が持って来た本だろう。

「本を読んでいたのですか」

「はい。小助さんが持って来てくれます」

手鞠は答えてから、

「先生はお読みになりますか」

「私はもっぱら医学書ばかりです」

「そうですか。読物は面白いですよ」

「そうでしょうね」

たわいない話から入って、新吾は本題に入った。

「手鞠さん、本が読めなくなったら寂しいとは思いませんか」

「それは寂しいですけど……」

「治れば読めるではありませんか。客をとらされることは苦しいでしょうが、本を読むことが出来るのはささやかな喜びではありませんか」

「いえ。こき使われるだけですから、本を読む時間などないと思います」

「いえ、その時間ぐらいとれますよ。生きてさえいれば苦しい中でも喜びが見いだせるのではないでしょうか」

「先生。私はもう客をとる暮らしは出来ません。どうか、そっとしておいてください」

「あなたはまだ激しい痛みに襲われていないから、そう言えるのです。いつか、病気の苦痛が襲ってきます」

「覚悟しています」

手鞠の気持ちは揺れ動きそうもなかった。

「手鞠さんは好きな男のひとはいたのですか」

「……」

「いたのですね。信州にいるときですね」

「ええ」

「そのひとのことをまだ？」

「もう何年も会っていません。今、どうしているかもわかりません」

「気になりませんか」

「気にならないと言えば嘘になります。でも、知らないほうがいいのです。知らないから、あの当時のままの姿が脳裏に浮かぶのです。もし、知ったら、頭の中にあのひとの姿が描けなくなります。だってもうお嫁さんをもらっているでしょうし……」

手鞠は寂しそうに笑った。

あなたの年季明けを待っているかもしれないという言葉を喉元で止めた。あり得ない気がしたのだ。

少しでもその期待があれば、手鞠はもっと生きることに貪欲になるはずだ。

「お客さんの中にも好きなひとがいたのではありませんか」

「……」

「いたのですね」

「死んだそうです」

「死んだ？」

「ええ。大店《おおだな》の若旦那だったそうですが、博打にのめり込んで勘当されたあと、盛り場で喧嘩をして殴り殺されたんです」

「どうして知ったのですか」

「姿を現さなくなったので、若い衆に見に行ってもらったんです。そしたらひと月前に死んでいたことがわかったんです」

手鞠はふと涙ぐんだ。

「これからも好きなひとが現れるかもしれません」

「いいえ、もう現れることはありません。こんな醜い容貌になった女に夢中になる男は

「そんなことありません。それに、治療すれば、痣やしこりもきっときれいに……」

「もういいんですよ」

手鞠ははかない笑みを浮かべ、

「私は黴毒に罹ったことを喜んでいるんです。きっと阿弥陀《あみだ》さまが苦界から私を救ってくれようとしているんだと思います」

「違います。阿弥陀さまがあなたを黴毒にするはずはありません」

「いいえ、私は阿弥陀さまに感謝をしています。それに、黴毒に罹ったおかげで……」

途中で、手鞠は言いさした。

「ともかく、私は定めに身を任せます」

新吾は手鞠が何と続けようとしたのかが気になった。苦界から救われたという言葉が続くとは思えない。苦界から救われただけでなく、それに……と、別のことを言おうとしたようだ。

「すみません。少し横になりたいので」

手鞠はそれ以上の新吾の問いかけを拒むように横になった。

「また、来ます」

新吾は声をかけて立ち上がった。

離れを出ると、留吉のかみさんが夕餉の後片付けにやって来た。

「いかがでしたか」

かみさんがきく。

「やっぱり、治療を受ける気はないようです」

「私たちも治療を受けるように勧めているんですけどね」

「また、明日参ります」

そう言い、新吾は寮を出た。

橋場から今戸を経て駒形町から諏訪《すわ》町に差しかかったとき、通りを横断して行った侍を見た。

新吾はあっと思った。田淵宗一郎だ。宗一郎は新吾に気づかず、横切って行った。

通りの両側に諏訪町が広がっているが、宗一郎は大川に面した諏訪町に入って行った。

何をしていたのか気になって、新吾は宗一郎のあとを追って横町に入った。小商いの店が並ぶ道を進む。どの商家も雨戸が閉まっていた。

左右を見ながら奥に進むと大川に出た。宗一郎の姿はなかった。どこかの家に入ったのに違いない。

新吾が大川から引き返そうとしたとき、真ん中辺りにある荒物屋から宗一郎が出てきた。あわてて、新吾は身を隠した。

宗一郎は通りに向かった。宗一郎の姿が見えなくなって、新吾は荒物屋の潜り戸を叩いた。

すぐ戸が開いた。主人らしい年寄りが顔を出した。

「あなたは？」

年寄りはびっくりした顔をした。宗一郎が引き返してきたと思ったのかもしれない。

「すみません。今、田淵宗一郎という侍がこちらにお邪魔していましたね」

「ええ」

「私は田淵宗一郎の仲間なのですが、最近、田淵宗一郎はひとりで動きまわって、何も教えてくれないんです。ここにどのような用で来たのでしょうか」

「……」

「怪しいものではありません。私は医者でして……」

「お町《まち》のことですよ」

年寄りはあっさり教えてくれた。

「お町さんとは？」

「姪です。以前、うちの二階に下宿していたのです」

「お町さんに会いに来たのですか」

「そうです。でも、もうここにはいませんので」

「お町さんは今どちらに？」

「南本所石原町《みなみほんじょいしわら》の小間物屋に嫁いでいきました」

「何という小間物屋さんなのでしょうか」

「『扇屋《おうぎや》』です」

「お町さんに何の用かわかりますか」

「いえ」

もっと話をききたかったが、年寄りは早く家の中に引っ込みたそうだったので、

「すみません、夜分に」

と言い、新吾は引き上げた。

宗一郎は何のためにお町に会いに来たのか。正木と金谷が死んだ件と関わりがあるのか、ともかくお町に会えばわかる。

ただ、お町を訪ねることは、宗一郎の秘密をかぎつけるようで二の足を踏んだ。

五

翌朝、新吾は勤番長屋の詰所を出て、宗一郎の部屋に向かった。

戸を開け、土間に入る。宗一郎は部屋の真ん中で考え事をしていた。

「田淵さま」

新吾は声をかけた。

「そなたか」

宗一郎は顔を向けた。

「よろしいですか」

「うむ」

新吾は部屋に上がった。

「田淵さま、お訊ねしてよろしいでしょうか」

「なんだ?」

「正木さまと金谷さまの敵を討つことを諦めたと、天見さまが言ってましたが、ほんとうなのですか」

「あと六日だ。六日で何が出来るというのだ」

宗一郎はいらだったように言う。

「では、もう諦めたと……」

「諦めざるを得ないということだ」

「今回の件はおりんの復讐ではないでしょうか」

「……」

宗一郎の顔色が変わった。

「おりんと、正木さま、金谷さま、天見さまの三人は、かつて何かあったのではないでしょうか」

「……」

「それが何かわかりませんが、そのことによる復讐です。復讐の対象に田淵さまは入っていない。だから、おりんは田淵さまを拒否したのです」

宗一郎は口を真一文字に閉ざしている。

「殿さまが江戸にやって来られたのは今年の四月ですね。おそらく、お三方は四月か五月におりんに会っているのではないでしょうか。そこで何かがあったのです」

「そなたの想像でしかない」

「確かに、そのとおりです。でも、そう考えたほうが諸々説明がつくのではありませんか。田淵さまは、三人がおりんに何をしたか、ご存じなのではありませんか。いえ、最近になって気づかれたのではありませんか」

「……」

「もし、そうだとしたら、今度は天見さまが狙われます。天見さまは気がついているのでしょうか」

　新吾は宗一郎を睨み付けて、

「田淵さま、このままでは天見さまが犠牲になってしまいます。これ以上、犠牲者を出してはなりません」

「天見は腕に自信を持っているのだ。敵に襲われても怖くないのだ。天見が殺《や》られるとは思えない」

「田淵さまも復讐だと認めるのですね」

　新吾は確かめる。

「俺も……」

　と、宗一郎が口を開いた。

「おりんの三人への復讐ではないかと考え、天見を問い詰めた。だが、奴は口をつぐんで喋ろうとしなかった」

「喋らないのは認めたも同然ではありませんか」

「そうだ。しかし、何も喋らないので実際に何があったのかわからない」

「天見さまは下手人に気づいているのでしょうか」

「いや。気づいてはいないようだ」

「しかし、復讐されるような真似をしたことはご自分ではわかっているのですから、下手人の手掛かりは持っているのではないですか」

「天見は敵の襲撃を待っているのだ」

宗一郎は言った。

「危険ではありませんか。相手がわかっていないのです。正木さまと金谷さまは油断していて殺られたのです」

「天見は十分に警戒をしている」

鉄之介の腹の内に気づいて、新吾はあっと叫んだ。

「天見さまは敵を迎え撃って殺すつもりなのですね。そうしたら、復讐されるような行いが白日のもとに晒されることはなくなりますから」

「……」

「それでいいのですか。天見さまが口をつぐめば、正木さまと金谷さまが殺された理由がわからず仕舞いになってしまいます」

「そのほうがいい場合もある」

　宗一郎はやりきれないように、

「殺された理由がわかったら、正木と金谷に不名誉なことになるかもしれない。こう考えたから、組頭さまは奉行所の探索を拒み、俺と天見に探索を任せたのだ」

「組頭さまは真相を調べるより、下手人を殺すことを優先させたということですか」

「そういうことだ」

「では、探索に田淵さまと天見さまのふたりが命じられたのは、ふたりで下手人を殺せということなのですね」

「そういうことだと、あとで知ったのだ。天見から、組頭さまの腹の内はこうだと聞かされたのだ」

　宗一郎は唇を嚙みしめた。

「組頭さまは何か知っているのでしょうか」

　新吾は組頭の内藤伊兵衛の温厚な顔を思い浮かべた。

「わからぬ」

宗一郎は首を横に振った。

「田淵さまは、三人が復讐される出来事に心当たりはないのですか」

「ない」

「そのことを探ろうとは？」

「そのつもりはもうない。正木と金谷の醜悪な部分を見つけるだけだ。知らずにいられるなら知らぬほうがいい」

嘘だ、と思った。宗一郎は三人が何をしたのか探ろうとしているのだ。

昨日浅草諏訪町に行ったのは、そのことと関係あるのではないか。そのことを口にしたかったが、思い止まった。

宗一郎は何を考えているのか。お町のことを今ここできいても、とぼけられるだけだ。宗一郎が何を考えているかわかるはずだ。

「そういう事情だ。そなたもこの件は忘れることだ。貸本屋の小助にも手を貸してもらう必要はなくなったと告げてある」

宗一郎は押さえつけるように言った。

「この先、誰かが殺されるのは間違いないのです。でも、万が一、天見さまが殺されたらどうなるのですか。下手人はわからず仕舞いになってしまうのではありませんか」

「天見ならそういうことはない。仮に万が一のことがあっても、それはそれで仕方ない」

「でも」

「組頭さまの命令だ。とりもなおさず、殿の命令ということだ」

「殿さまは、この件をご存じなのでしょうか」

「いや。だが、登城の際、駕籠《かご》の周囲に正木と金谷がいなければ奇異に思うだろう。そのときは、ふたりのことを話さねばならない。それまでにけりがついていればいいのだが……」

これ以上話を続けても、宗一郎が隠していることを明かすとは思えず、新吾は切り上げた。

「田淵さまのお気持ち、よくわかりました」

探索を諦めるつもりはなかったので、新吾はそういう言い方をした。

新吾の返事に引っかかるものを感じたのか、宗一郎は何か言いたげだったが、すぐ口を閉ざした。

新吾は宗一郎の部屋を出て、天見鉄之介のところに行った。

鉄之介は壁に寄りかかっていた。

「天見さま。ご体調がお悪いのでは？」

新吾は土間から声をかけた。

「だいじょうぶだ」

鉄之介は体を起こした。

「でも」

「いい。ちょっと気だるいだけだ」

「いけませぬ。ちょっと診察させてください」

「すぐ治る」

鉄之介は熱っぽい赤味がかった顔で言う。

「では、先日の約束のように、六日経ったら必ず……」

「うむ」

「ところで、例の件はその後いかがですか」

「進展ない」

「何か手掛かりは？」

「何もない」

「今度、天見さまが襲われるのではないでしょうか」

「……」

「下手人は、正木さまと金谷さまに続いて、天見さまを襲うつもりなのではないでしょうか」

「望むところだ」

「なぜ、下手人は三人を狙っていたのでしょうか」

「わからぬ。どこかで逆恨みをされたのかもしれない」

「ほんとうは、ご存じなのではありませんか」

「知らぬ。そなたは医者だ。もうこの件には関わるな」

いきなり、鉄之介は立ち上がった。刀を摑んで土間に向かう。

「天見さま」

呼びかけに答えず、鉄之介は出て行った。

新吾は鉄之介の部屋から組頭の内藤伊兵衛の部屋に向かった。伊兵衛がどこまで事件を把握しているかを知りたいという思いもあった。

伊兵衛の部屋の前に立ち、深呼吸をしてから戸を開けて声をかける。

出て来たのは、中間だった。組頭の身の回りの世話をしているのだろう。

「内藤さまはいらっしゃいますか」

「おや、宇津木先生ですね。少々、お待ちを」

中間は奥に行った。

一般の武士の部屋は一間だが、組頭の部屋は二間あった。

中間が戻ってきて、

「どうぞ」

と、上がるように勧めた。

「失礼します」

新吾は部屋に上がった。

その部屋に腰を下ろしたとき、襖《ふすま》が開いて奥の部屋から内藤伊兵衛が出てきた。

「宇津木新吾どのか」

伊兵衛は穏やかに言い、目の前に腰を下ろした。

「突然、お邪魔して申し訳ございません」

新吾は詫びて、

「お訊ねしたいことがあって参りました」

「うむ、何か」

「正木さまと金谷さまが殺された件でございます」

「……」

伊兵衛は難しい顔をした。

「ふたりは黴毒に罹っておりました。おりんという提げ重の女の復讐に思えます。なぜ、復讐にいたったのか、下手人を捕まえ、真相を明らかにすることが肝要かと存じます」

「宇津木どの」

伊兵衛が新吾の言葉を遮った。

「宇津木どのは医者でござる。この件に口出しをするのはいかがなものか」

「はい。なれど、正木さまと金谷さま、それに天見さまは黴毒に罹っておられるのです。おりんが伝染したのであれば、おりんを早く捜し出し、治療をしませぬと、さらに黴毒の患者を増やすことになりかねません。医者として、おりんを見つけだしたいのです。そのためにも、下手人を捕まえ……」

「当家が決めたことに、宇津木どのは異を唱えるのか」

伊兵衛は厳しい口調で言う。

「いえ、決してそういうわけではありません。ただ、下手人を生きてとらえてこそ

「……」

「黙られよ」

伊兵衛の柔和な顔が一変していた。

「正木と金谷がなぜ殺されたかはわからぬが、黴毒を伝染され、あげく匕首で殺されたなど武士としてこの上ない不名誉だ。さらに、ことを荒立てれば、国元で待つ家族にも傷がつく。もう決まったことだ。そなたは医師の仕事だけをしていればよいのだ。今後、この件に口をはさむことはあいならぬ。よいな」

そう言い、伊兵衛は立ち上がった。

伊兵衛が奥の間に消えてから、ようやく新吾は腰を浮かせた。

土間から戸口に向かいかけたとき、いきなり戸が開いて、武士が顔を出した。不意だったので、相手の武士は驚いたようだった。

「すみません」

新吾はあわてて謝った。

いや、武士はそのまま顔をそむけるようにして土間に入った。中間が出て来て、

「丸川《まるかわ》さま」

と、声をかけた。

「どうぞ、お待ちでございます」

「うむ」

新吾は戸口で振り返った。部屋に上がったところで、丸川と呼ばれた武士が顔をこちらに向けた。

またも丸川はすぐに顔をそむけた。

新吾は組頭の住まいを出たところで今の丸川の顔を蘇らせた。四角い顔の額に微かに一寸（三センチ）ほどの傷跡があった。

新吾を襲った編笠の侍の姿が脳裏を掠めた。まさか、と思いながら、新吾は詰所に戻った。

第四章　返り討ち

一

日没前に、新吾は橋場の『大櫛楼』の寮に着き、寮番夫婦に挨拶をして離れに向かった。寒さも一段と厳しくなっていた。

戸を開けると、土間に男物の履物があった。小助が来ているのだ。

「宇津木新吾です」

障子の向こうに声をかけた。

すると、すぐ障子が開いて、小助が顔を出した。

「これは宇津木先生。さあ、どうぞ」

「お邪魔します」

「失礼します」

新吾は部屋に上がった。

手鞠はふとんの上で起きていた。

「先生、何度も足を運んでくださいますが、私の決心は変わりません。どうぞ、もうここにはいらっしゃらないでくださいな」

手鞠はすまなそうに言う。

「そうはいきません。私はあなたの病気を治したいのです」

新吾は意気込んで言う。

「そうですよ、手鞠さん。宇津木先生がこうして来てくださるんじゃありませんか。どうか、治療を受けてくださいな」

小助が口添えをする。

「いえ。私の気持ちは変わりません。先生や小助さんのお気持ちはとてもうれしいのですが、こればかりは……」

「手鞠さん。私はあきらめません。目の前に患者がいるのに、手をこまねいていることは出来ません。医者としての使命を果たします」

新吾は固い決意を語った。

手鞠は俯《うつむ》いた。

「手鞠さん、治療は受けたくないというならまだ治療はしません。けれども、診察だけはさせていただけませんか。病状がどうなっているかだけでも知っておきたいのです」

「……」

「手鞠さん、いかがですか」

「わかりました。少し、考えさせてください」

「考える？　何を考えるのですか」

「治療を受けるかどうか、考えてみます」

「ほんとうですか」

「はい。二、三日です」

「わかりました。では、三日後に参ります。いい返事を期待しています」

「はい」

手鞠ははかない笑みを浮かべた。

「では、私はこれで」

新吾は立ち上がった。

「もうお帰りですかえ」

小助があわてて言う。

「はい。手鞠さんの前向きな言葉を聞けたので安心して帰れます」

「では、私も」

小助は言い、手鞠に向かい、

「手鞠さん、私も引き上げます。また、新しい本をお持ちしますので」

と言い、荷物を持って土間に下りた。

新吾は小助といっしょに寮を出た。

「小助さん、どう思いますか」

今戸に向かいながら、新吾はきいた。

「手鞠さんのことですか」

「はい」

「どうなんでしょうか。二、三日考えると仰っていましたが、やはり治療を受けないと答えるんじゃないでしょうか」

「最後の判断を下すために三日をとったということですね」

それだけ考えた末に決めたことだと言いたいために三日をとった。新吾もそうかもしれないと思ったがそれだけではないようにも思えた。

新吾を納得させるために三日をとる必要はない。だとしたら、手鞠に心境の変化があったのか。

「まあ、三日後の返事を待ちます」

もし、考えが変わらず、治療は受けないという答えが返ってきたとしても新吾は諦めるつもりはなかった。

「それより、田淵さまや天見さまはどうなさっているのですか。おりんの行方はわかったのでしょうか」

小助がきいた。

「田淵さまも天見さまも、何か心当たりがあるようなんです。でも、それを隠しているんです」

「そうですか。明日にでも、久しぶりにお屋敷に顔を出してみるつもりです。何か私でお手伝い出来ることがあれば請け負うつもりでいるのですが」

途中で、小助と別れ、新吾はまっすぐ日本橋小舟町の家に向かった。浅草御門の辺りですっかり暗くなっていた。

浜町堀に差しかかったとき、浜町河岸から黒い影が疾走してきた。先日の賊だ。新吾は薬籠を抱えたまま横に飛び退いた。

剣尖《けんせん》が体を掠めた。新吾は薬籠を橋の袂に素早く置き、賊の次の攻撃に備えた。

賊は刀を肩に担ぐように構え、腰を落として迫ってきた。新吾は後退る。無腰で、敵の剛剣を防げるか。

相手がさらに迫る。新吾は後退りながら相手との距離を測った。相手が急に勢いを増し、新吾に向かってきた。新吾も素早く相手の懐目掛けて踏み込んだ。

賊が剣を振り下ろすより先に、新吾は相手に近付き、振り下ろされた剣をかいくぐって相手の脇をすり抜けた。

そのとき脾腹を拳《こぶし》で突いた。相手はうめき声を発し、よろめいた。新吾は素早く賊の背後に走り、思い切り足を払った。

賊は派手に地べたに倒れた。すかさず、男を押さえつけようとしたとき、白刃が新吾の背後から襲った。

新吾は飛び退いて避けたが、続けざまに斬り込んできた。新吾は右、左と飛んで攻撃をかわした。

黒い布で顔を覆っているが、いつぞやの賊とは別人だ。新しい刺客を雇ったか。

「誰に頼まれた?」

新吾は声を張り上げた。

横から賊が斬りつけた。新吾は身を翻し、さらに横一文字の攻撃を大きく後ろに飛び退いて避けた。

だが、堀に追い詰められた。敵は四人いた。四人が剣を構え、同時に迫った。なんとしてでも、新吾を斃《たお》そうという気迫に満ちていた。

以前の敵とは違う。こやつらは金で雇われた浪人ではない。武士だ。相手が迫ったとき、新吾は口にした。

「そなたたち、丸川さまの仲間か」

瞬間、四人の足が止まった。

「どうやら図星《ずぼし》らしいな」

いきなりひとりが上段から斬り込んできた。新吾は剣が迫る寸前で素早く横に跳び、その際に相手の利き腕に手刀を打ち付けた。うっと呻いて、剣を落としそうになった。

新吾はその剣を素早く奪い、八相に構えた。

「よし、かかって来い。もはや、容赦はせぬ」

一同を睨み付け、新吾は脅すように続けた。

「そなたたちの利き腕を斬る。きょうの目印のためだ。さすれば、明日以降、利き腕に刀傷のある者を捜し出す、特に上屋敷内でな」

　賊の動きが止まった。

　そのとき、浜町河岸にある辻番所から番人が提灯を持って駆けつけてきた。

　賊は一目散に逃げ出した。

「忘れ物だ」

　新吾は剣をほうった。宙を跳んだ剣が逃げる賊の足元に突き刺さった。賊のひとりが引き返し、土に刺さった剣を抜いて逃げて行った。

「どうした？」

　番人が声をかけた。

「酔っぱらいに絡まれたのです。おかげで助かりました」

　新吾は取り繕った。

「しかし、相手は剣を抜いていたようだが？」

　番人は疑い深くきく。

「はい。剣を抜いて脅してきました。でも、本気ではありませんでしたので」

「そうか。まあ、気をつけて帰るのだ」

「ありがとうございます」

辻番所の番人と別れ、新吾は日本橋小舟町の家に帰った。

夕餉のあと、離れに戻った。

「毎日、お忙しそうですが？」

香保が心配そうにきく。

「だいじょうぶだ」

「それならよいのですが」

「香保がいてくれるから疲れが吹っ飛ぶ。藩医として認められ、まずは御目見医師になることだ」

新吾は熱い思いを口にした。すると、香保がくすりと笑った。

「何かおかしいか」

新吾は怪訝そうな顔をした。

「はい。だって、最初は富や栄達を望まぬと仰っていたのに……」

「そうだな」

富や栄達を望むことは医者としての本分にもとると思っていた。だが、幻宗のように理想とする施療院をはじめるのは元手が必要だと気づかされたのだ。富と栄達を叶えるためには医術の腕をより研がねばならないのだ。

「決して、己の満足のためではない」

「わかっています。私はそのためのお手伝いをさせていただきます」

「ありがとう」

そのとき、母屋のほうから声がした。

「おや、義母上だな」

「ええ、私を呼んでいるようです。ちょっと行ってきます」

香保が母屋に行き、ひとりになると、新吾の顔つきが厳しいものに変わった。

再三に亘《わた》っての襲撃がなんのためかわからない。しかし、最初は雇われた浪人のようだったが、きょうは違った。

明らかに上屋敷にいる人間だ。上屋敷の何者かが新吾を狙っている。賊のひとり、編笠の侍は丸川と呼ばれた武士だ。

その丸川は組頭内藤伊兵衛の住まいを訪れた。

伊兵衛は正木と金谷殺しに関して下手人を見つけて殺すことでけりをつけようとしている。そのことに異を唱えた新吾がめざわりだったとはいえ、刺客を差し向けるほどではない。

それに、はじめての襲撃は金谷富十郎が殺された翌日の夜だった。正木、金谷殺しと襲撃が関連しているとは思えない。

新吾が狙われた理由は別にある。七年前の藩主の死と何か関係があるのだろうか。

物音がして、新吾は我に返った。

香保が戻ってきた。

「なんだった？」

新吾はきいた。

「義母上が腰が痛いから揉んでくれと」

「そんなことしていたのか」

新吾は呆れ返った。

「でも、ちっともいやじゃありませんから」

「どうも、義父も義母も香保に甘えているようだな」

新吾は顔をしかめた。

「でも、私もそのほうが楽しいですから」

「それならいいけど」

「はい。ただ」

香保が言いよどんだ。

「ただ、何？　何か困ることでも？」

「ええ、まあ」

「なんだ、それは。私がふたりに注意をしておく」

「いえ、そうじゃないんです」

「……」

「じつは」

またも、香保は言いよどんだ。が、すぐ顔を上げ、

「早く、ややこをって」

と言い、恥じらって俯いた。

急に香保がいとおしくなって、新吾は肩に手をまわして抱き寄せた。

「そうだな、早くふたりのややこを……」

「とても仕合わせです」

そう言い、香保は新吾の胸に顔を埋めた。

翌日、新吾は宗一郎の部屋に行った。

「まだ、何か用か」

もう何も用はないはずだと暗に言っているのだ。

「教えて欲しいことがありまして」

「なんだ？」

宗一郎はいらだったようにきく。

最初の頃の穏やかでまっとうな人柄という印象はまったくなくなっていた。正木仁太郎と金谷富十郎が殺されてからだ。宗一郎は余裕を失っていた。

「組頭さまのところに、丸川というお方が訪ねていました。丸川さまとはどのようなお方なのでしょうか」

新吾は土間に立ったままきいた。

「丸川新太郎《しんたろう》どののことだな」

宗一郎はあっさり答えた。

「丸川新太郎さまと仰るのですか」

「そうだ。定府の者だ。丸川どのがどうかしたのか」

「いえ」

昨日の賊は丸川の名を出すと反応した。定府の家来だろう。気迫からして、先の雇われた刺客とは雲泥の差があった。

やはり、上屋敷の中に、新吾の存在を疎ましく思っている者がいるのだ。

「済んだら引き上げてもらおう」

「はい」

宗一郎は本所石原町の小間物屋『扇屋』にお町を訪ねたのだろうか。そのことを知りたかったが、うかつにはきけなかった。

「失礼します」

新吾は詰所に戻った。

詰所に珍しく京安の姿があった。

「京安さま、お久しぶりにございます」

「そなたという男は……」

京安は新吾をまじまじと見て、ため息をついた。

「何か」

「いや、なんでもない」

京安は怒ったように言う。

いったい何に怒っているのかがわからない。

隆光は傍らで知らんぷりをしていた。

戸が開いて、高見左近の使いがやって来た。

「本日、伺候するようにとのことです」

「わかりました」

新吾は使いの者に答えた。隆光と京安が冷たい目で見ていた。

二

小高い丘の上にある四阿に、嘉明公と高見左近が待っていた。

いつものように、嘉明公は悠然と腰掛けに座っていた。

「座られよ」

左近に促され、新吾は木の腰掛けに座った。泉水の近くの植込みに警護の侍が控えている。

「宇津木新吾、近頃、何か変わったことはないか」

左近が切り出した。

「変わったことと仰いますと？」

「なんでもよい。身辺のことで、困ったことが起きたとか……」

「されば」

と、新吾は思い切って口にした。

「私は五度、何者かに襲撃を受けました」

「襲撃とな」

左近が眉根を寄せた。

「最初は金で雇われた浪人のようでしたが、昨夜は武士のようでした」

「武士……」

「恐れながら、このお屋敷内に私を始末せんとする輩《やから》がいるようです。高見さまはご存じではありませんか」

「いや」

左近は首を横に振った。

だが、嘉明公は深刻そうな表情になっていた。

「どういうことでございましょうか」

新吾は身を乗り出して、

「私が藩医になることを快く思っていない者がいるのは、どういうわけなんでしょうか」

「この屋敷の者だという証があるのか」

「はっきりしたものはありません。あくまでも私の印象でしかありません。ただ、私は確信しています。賊のひとりの額に斬り傷をつけました。この屋敷で、額に傷を負ったお方に会いました。私がつけた傷に間違いありません」

「誰かわかるのか」

「はい」

「誰だ？」

「ご容赦を」

「なぜだ？」

「その者にとぼけられたら、それ以上追及出来ません」

「しかし、そなたは間違いないと思っているのだな」

「はい。でも、その者も上からの命令で動いているはずです。高見さまはそのことをご存じなのではありませんか」

「知るはずはない」

「そうでございましょうか」

新吾は殿の前だということも忘れ、

「ご当家には、対立している派閥があるのではありませんか」

「……」

左近は押し黙った。

「そうだとしても、どうして新参者の私が巻き込まれなければならないのかがわかりません」

七年前の藩主毒殺の噂など確かめたいことがあったが、それらはすべて間宮林蔵の推測に過ぎない。

「七年前、幻宗先生が突然藩医をやめたことと何か関係があるのではないでしょうか」

新吾ははっきりしていることだけを口にした。

「新吾」

嘉明公が口を開いた。

「そちが誤解をしているといけぬので話しておく。左近」

「はっ」

左近は頭を下げてから新吾を見た。

「そなたを松江藩に招くことは、あるお方の助言によって殿がお決めになられた。純然に有能な蘭方医をお抱えにしたかったからだ」

「あるお方とは幻宗先生ですか」

「違う。幻宗とは交流はない」

「では……。どなたが？」

そう思ったとき、新吾ははたと思い当たった。

間宮林蔵の様子を探るように命じたのは、ひょっとしたらこのことだったのか。

「もしや、高野長英さまでは？」

長英はシーボルトが作った長崎の鳴滝塾で塾頭をしていたが、シーボルト事件の連座で鳴滝塾の主だったものが投獄された中、うまく逃げ延び、一時幻宗の施療院に身を寄せていた。

間宮林蔵は長英を追っていたのだ。

「そうだ。長英はつい最近まで当屋敷にいた」

「なんと」

新吾は唖然とした。

林蔵の追跡に危機を察した長英は九州に行くと言い置き、江戸最後の夜を新吾の家で過ごし、旅立って行ったのだ。

「高野長英どのは九州に行く途上、我が城下に立ち寄った。今年の三月だ。鳴滝塾でいっしょだった塾生が城下で開業していた。その話を聞いた殿は長英どのを招き、講義を受けられた」

「そうでございましたか」

新吾は懐かしく長英を思いだした。

長英は鳴滝塾の塾頭をしていたほどの天才であり、知識はずば抜け、医術に関しても有能であった。その自負からか態度は傲岸《ごうがん》であり、他人から誤解されやすいが、根はやさしく、どんな患者にも対等に接していた。

長英は仙台《せんだい》藩の一門の水沢《みずさわ》家家臣の子として生まれたが、九歳のときに伯父である高野玄斎《げんさい》の養子となり、医学や蘭学に目覚めていったという。

「毎日、長英を城に呼び、話を聞いた。じつに面白かった。海外では新しいものがどんどん発明されている。もっともっと海外に学ばねばならぬと思った」

嘉明公が口をはさんだ。

「ところが」

左近が話を引き取った。

「殿の江戸出府の日が近づいてきた。殿は長英を江戸に連れて行きたいと思ったが、長英は江戸から逃げてきた身。それは諦めざるを得なかった。最後の日、長英が殿にこう言ったのだ。私に代わる者が江戸におりますとな」

そう言い、左近は新吾を鋭く見た。

「宇津木新吾と、長英が言ったのだ」

「長英さまが私の名を……」

新吾は思いがけない話を聞いて茫然とした。

「そうだ。この四月に江戸に着いてから、殿は江戸家老の宇部さまに命じ、そなたのことを調べさせたというわけだ」

「そうでございましたか」

印象に残っている長英の言葉を思いだした。

「俺はいつかまた江戸に戻り、蘭学の塾を開くつもりだ。後進を育て、蘭学をもっと広げ、漢方医がのさばっている世の中を変えなければわが国は衰退するだけだ」

熱く語る長英に、新吾はこう言ったものだ。

「高野さんはいずれ国事に関わるようになるかもしれませんね」

それに対して、

「いや、そんなつもりはない。俺はあくまでも医者であり蘭学者だ」

と、長英は答えた。

「間宮林蔵の様子を調べてもらうように頼んだのは、そなたを藩医にした陰に高野長英どのの存在を疑われてはいないかを心配したのだ」

「間宮さまからそのような話は一切聞いていません」

「それで安心した」

　嘉明公が呟くように言い、

「だが、家中にそなたを排除せんとする輩がいるとは思いもしなかった」

　と、厳しい顔になった。

「殿の狙いは、そなたに家中のものに蘭学を教えてもらいたいということだ」

「もったいないお言葉。なれど、私はまだ半人前です。人さまに教えるなど、おこがましいことでございます」

「うむ。長英もそのように言うだろうと話していた。もし、そう答えたら、こう言うようにと長英から言葉を預かっている」

　そう言い、左近は居住まいを正して、

「新吾。ひとに教えるには自分もより勉強しなければならない。自分を大きくする機会でもあるとな」

「長英さまが、そこまでお考えに……」

「どうやら、長英は江戸に戻ったときにはそなたといっしょに蘭学の塾をやりたいようだ。そんなことを漏らしていた」

左近は思いだしたように言う。

「そちが誤解しているようだから、あえてこの話をした。しかし、そなたを排除せんとする輩はわしに逆らうも同じだ。厳重に調べる」

嘉明公が鋭い声で言う。

「宇津木新吾。しばらく時間をもらおう。その間に、家中のことを調べておく」

左近が口を添えた。

「はっ」

新吾は頭をさげて、嘉明公の前から辞去した。

詰所に戻ると、すでに隆光と京安は引き上げていなかった。新吾も薬籠を持って詰所を出た。

もう一度、宗一郎の部屋を覗いた。宗一郎はいなかった。刀もないので、外出したようだ。

新吾はそのまま日本橋小舟町の家に帰った。

義父順庵は往診に走り回っていた。松江藩お抱えの看板のおかげで今まで相手にされなかった患家からの依頼が増え、だいぶ実入りもいいらしい。

そのぶん貧しいひとには安く診察をするようにという新吾の意見を守っているようだ。

夕方になって、新吾は家を出た。きょうは手鞠のところに行く予定はなく、本所石原町の小間物屋『扇屋』にお町を訪ねるつもりだった。

浜町堀を越えて、両国広小路から両国橋を渡る。川風は冷たく、橋の下から吹き上げてきた。夕暮れて、行き交うひとびとの動きもなんとなく忙しそうだ。

橋を渡り、大川沿いに本所のほうに向かう。例の賊の尾行を警戒したが、つけてくる者はいなかった。

石原町に入る頃には辺りは薄暗くなっていた。ちょうど木戸番屋から番太郎《ばんたろう》が出てきたので、新吾は声をかけた。

「すみません。小間物屋の『扇屋』さんはどの辺りになりましょうか」

「『扇屋』さんなら、真ん中辺りにあります。何かあるんですかえ、『扇屋』さんに？」

「えっ？」

「なにね、昨日の夕方もお侍さんに場所をきかれましてね」

「二十七、八の？」

「そうです。お知り合いですか」

「ええ。すみませんでした」

それ以上の問いかけを受けないように挨拶をして、新吾は木戸番屋から離れた。

小商いの店が並ぶ中程に、『扇屋』の看板が見えてきた。まだ、店は開いていた。

新吾は店先に立った。店番をしていたのは主人らしい三十ぐらいの男だ。新吾は店に入り、男に声をかけた。

「すみません。お町さんにお会いしたいのですが、いらっしゃるでしょうか」

「昨日のお侍さんのお知り合いですか」

男は警戒してきく。

「はい。昨日は田淵宗一郎という者がやって来たと思いますが」

「ええ。そうです」

そのやりとりが聞こえたのか、奥から二十二、三歳と思える女が顔を出した。色白の丸顔で、黒目が大きかった。お町のようだ。

「おのぶさんのことで、まだ何か」

お町がいきなり言った。

「おのぶさん？　田淵宗一郎はおのぶさんのことで来たのですか」

「そうです」

「私は日本橋小舟町で医者をやっています、宇津木新吾と申します。田淵宗一郎さまとは知り合いです」

「はい」

用心深く、お町は頷く。

「田淵宗一郎さまはおのぶさんの何をきいていたのでしょうか」

「ご亭主のことです」

「ご亭主？」

「名前や住まいなどです」

「すみません。ご亭主の名はなんと？」

「田淵ってお侍さんからお聞きになっていないのですか」

お町は不思議そうにきく。

「お恥ずかしい話ですが、教えてくれないんです。それで、こうして事情をおききしに」

新吾は素直に話す。

「そうですか」

お町は腑に落ちないようだったが、

「ご亭主は純吉《じゅんきち》さんです」

と、教えてくれた。

「住まいは？」

「あの当時は聖天町の裏長屋に住んでいましたけど、その後は知りません」

「あの当時とおっしゃいますと？」

「おのぶさんが『清《きよ》かわ』で働いていたころです」

「『清かわ』？」

「駒形町にある料理屋です」

「おのぶさんは『清かわ』で女中を？」

「そうです。そのことも知らなかったのですか」

お町は呆れたように言う。

「すみません。何も教えてくれないのです」

「そうですか」

お町も『清かわ』で女中をしていたらしい。

「で、おのぶさんは『清かわ』を辞めたのですか」

「お亡くなりになったことも知らないんですね」

新吾の心ノ臓が激しく鼓動を打った。

「いつでしょうか」

「去年の春です」

「去年……。ご病気ですか」

「いえ」

「では、なぜ?」

お町は言いよどんだ。

「首をくくったそうですよ」

お町の亭主が口をはさんだ。

「首を……」

新吾は唖然とした。

おのぶの身に何かあったのだ。それが、正木と金谷殺しに関わっているのに違いない。

「何があったのでしょうか」

新吾はもう一度きいた。

「よくわかりませんが……」

お町は慎重になって、

「お店で何かあったようです」

と、答えた。

「何があったのでしょうか」

「噂でしか知りません」

「どんな噂でしょうか」

「お店の離れの座敷でお客さんに手込めにされたと……」

「相手は？」

「お侍さんだったそうです」

「名前は？」

「そこまでわかりません」

「『清かわ』には、松江藩の武士が客で来ていましたか」

「はい。田淵さまもいらっしゃっていました」

「田淵さまも？」

「はい。ゆうべ、お顔を見て思いだしました。今度はまったく顔を出しませんでしたが」

「今度？」

「今年の出府です」

「そうですか。顔を出していないのですか」

新吾は思い切って、

「正木仁太郎と金谷富十郎、そして天見鉄之介という名前を覚えていらっしゃいますか」

「ええ。覚えています。酔うとひとが変わったように女にちょっかいをかける方々でした。江戸の女はいいっていうのが口癖でした」

「そうですか」

「でも、田淵さまが私にお訊ねになったのは、おのぶさんのご亭主のことだけですよ」

「では、おのぶさんが亡くなったことを知っていたのですね」

「そんな感じでした」

お町は答えてから、ふと思いだしたように、

「そうそう、あと、おりんという女を知らないかときいていました」

「おりんですか」

宗一郎はおりんはおのぶと親しい女と考えたのだろう。

「どうなんですか、おりんという女をご存じですか」

「いえ。知りません。お店にもいませんでした」

「お店の女中さんで、病気になったひとはいますか」

「黴毒ですね。田淵さまも同じことをお訊ねになりましたけど、そういうひとはいませんでした」

「そうですか」

やはり、おりんの正体は謎だ。

「ご亭主の純吉さんは何をなさっていたのですか」

「職人だったと聞いています。何度か、お店の近くまでおのぶさんを迎えにきた純吉さんとお会いしたことがありますが、細身のおとなしそうなひとでした」

「そうですか。その後、純吉さんがどうしたかご存じないのですね」

「ええ、知りません」

何か聞き逃したことがないかを考えてから、新吾は突然訪ねたことの詫びを言い、店を出た。

正木仁太郎と金谷富十郎、そして天見鉄之介の三人は『清かわ』の離れで呑んでいて、酒を運んできたおのぶを三人掛かりで手込めにした。

それからしばらくしておのぶは首をくくった。そのことを、三人は知っているのだろうか。

知っているはずだ。それから『清かわ』に行ったとき、そのことを耳にしたはずだ。宗一郎は正木仁太郎と金谷富十郎が殺されたとき、このおのぶことを思い出したのではないか。

下手人は純吉だと、宗一郎は悟ったのかもしれない。提げ重のおりんという女とふたりで復讐をはじめたのだと。

おのぶが手込めにされたのは去年の春、一年半以上前だ。その頃は正木仁太郎と金谷富十郎らは江戸にいたのに違いない。

だが、ふた月、三月後の四月か五月には国元に帰ってしまった。純吉は正木と金谷、そして天見鉄之介が江戸に出てくるのを待った。

そして、ようやく一年待って、今年もまた嘉明公とともに江戸に出てきた。いよいよ、復讐に向かって歩みはじめたのだ。

純吉は聖天町の長屋から引っ越していた。おそらく、職人もやめたのであろう。すべて復讐のためだ。

おりんは誰か。純吉はどこでおりんと会ったのだろうか。

新吾は吾妻《あづま》橋を渡り、駒形町に行った。

駒形堂の近くに、料理屋の『清かわ』があった。おのぶはここに聖天町から通っていたのだ。

仕事が終わるころ、純吉は近くまで迎えに来ていたのだろう。仲良く並んで帰るふたりの男女の姿が想像される。

ところが、ある日を境にふたりの人生は一変したのだ。

新吾が一年半以上も前のことを訊ねても、『清かわ』の女将《おかみ》が正直に答えてくれるとは思えない。

同心の津久井半兵衛に頼もうと思い、新吾は帰途についた。

三

翌日の夜、津久井半兵衛が日本橋小舟町の家に訪ねてきた。

新吾は客間で半兵衛と差し向かいになった。

香保が茶を置いて部屋を出て行ったあと、半兵衛が、

「香保どのは見事な新妻ぶりでございますな」

と、目を細めた。

「漠泉さまのお嬢様としてお会いしているので、何だか不思議な気がします」

半兵衛の母親の病気を漠泉が治したことから、半兵衛は漠泉を恩人と敬っていたのだ。

「さて、例のことですが、まず『清かわ』でのことは事実でございました。最初はとぼけていた女将も最後はやっと打ち明けました。松江藩の勤番者である正木仁太郎と金谷富十郎、そして天見鉄之介の三人が離れの座敷で女中のおのぶを手込めにしたそうです」

「やはり……」

想像していたことでも、いざ事実と知らされると、衝撃は大きかった。

「そのあと、おのぶは女中をやめて、それからひと月後に待乳山聖天の境内《けいだい》で首をくくったと聞いたそうです」

半兵衛は痛ましげに続ける。

「その後、三人がやって来たとき、女将は問い質したようですが、三人はとぼけ、しらを切り通したそうです。泣き寝入りするしかなかったと悔しがっていました。三人はそれ以来、『清かわ』には現れなくなったということです」

「正木さまも金谷さまもそのような酷いことをするようには思えなかったのですが」

「三人とも酔うとひとが変わったように好色になったと、女中たちは話していたと言います」

手込めにしたとき、もし田淵宗一郎がその場にいたらどうだったろうか。必ず、やめさせたはずだ。

「それから純吉の行方はわかりません。親方は、おのぶが死んで奴も死んだと言ってました。魂の脱け殻で、そのうちにどこかへ行ってしまったそうです。誰も純吉のことを知らないようです」

「そうですか」

「まさか、あの殺しの背景にこんなことがあったとは……」

半兵衛は顔をしかめ、

「松江藩のほうでは、このことに気づいて奉行所の探索を排除したのでしょうか」

と、蔑むように言う。

「そうかもしれません」

組頭の内藤伊兵衛は『清かわ』でのことを知っていたのに違いない。伊兵衛も『清かわ』を利用していたのだろう。

「純吉を捜し出すのは難しいですね」

半兵衛が厳しい顔で言う。

「待ってください」

新吾ははっとした。

「正木仁太郎と金谷富十郎は油断しているところを襲われたのですね。黴毒で体がだるくて反応が鈍くなっていたとしても一廉《ひとかど》の剣客であるふたりが油断をしたというのは相手が見知っている仲だったからではありませんか」

「そうでしょうね。見知らぬ相手なら警戒はするでしょうから」

「ふたりが油断する相手がひとりいました」

新吾はまさかと思いながらも、そうとしか考えられないと思った。

「誰ですか」

「貸本屋の小助です」

「貸本屋の小助……」

「松江藩の勤番長屋にも出入りをしています」

仁太郎も富十郎も小助におりんを捜すように頼んでいたのだ。そして、小助は仁太郎におりんが見つかったから案内すると言い、柳原の土手に誘い出した。そこで、油断を突いて匕首で刺したのだ。

同じように、おりんが見つかったと言い、富十郎を今戸の空き家に誘《おび》き出して殺した。

新吾は自分の考えを語った。

「では、今度は天見鉄之介ですね」

「ええ。でも、天見さまはもう真相に気づいているはずです。ふたりが殺されたのは復讐だと。だから、迎え撃って殺すつもりなのです」

そう言ったあとで、新吾は今になって気づいたことがあった。

「迂闊《うかつ》でした」

新吾は舌打ちしたくなった。

「どうしました？」

「おりんです。私はずっとおりんに会っていたんです」

「おりんに？」

「ええ。吉原の『大櫛楼』の手鞠という花魁が黴毒に罹って、橋場の寮で出養生をしていました。小助さんから治療を頼まれたので会いに行ったのですが、本人は治療を拒みました。黴毒が治っても、待っているのは客をとる暮らし。それなら、病気のままのほうがいいという理由で……」

だが、ほんとうは復讐に加担した自分を罰しようとしているのではないか。いや、そのために病気を甘んじて受け入れようとしたのではない。純吉の敵討ちが無事に済んだあと、純吉とともに死ぬつもりではないのか。

「明朝、手鞠に会ってきます」

新吾は手鞠を問い詰めるつもりだった。

ただ、半兵衛がどう出るか。

「津久井さま。手鞠を調べるのはもう少し待っていただけませんか。出来ることなら、自訴という形で始末を……」

「宇津木先生。私はこの件は宇津木先生の頼みで調べただけで、奉行所の同心として動いたわけではありません」

半兵衛は真顔になった。

「……」

「上役から手を引けと言われているのです。これ以上、私はどうすることも出来ません。あとはお任せします。ただ、また私の手が入り用なら、お申しつけください」

「津久井さま。ありがとうございます」

新吾は頭を下げた。

「なれど」

半兵衛は間をとって、

「純吉はことが成れば死ぬつもりでしょう。だから、無事敵を討たせてあげたいが、今度ばかりは難しいでしょうね」

と、表情を曇らせた。

「ええ。相手はそのつもりで待ち構えていますから」

正木仁太郎や金谷富十郎のようなわけにはいかないはずだ。

「では、どうなさるのですか」

「小助、いや純吉さんに会って、敵討ちをこれで諦めるように諭したいのです。ふたりを殺しましたが、奉行所は探索をやめており、松江藩のほうも内々で済ましたいはず。このまま、純吉さんを逃がしたいと思っています。ただ、純吉さんを説き伏せるのは難しいと思います」

半兵衛が言うように、純吉はことが成れば死ぬつもりのはずだ。おのぶのいない世をひとりで生きて行く気力もないだろう。そんな男に、三人目の敵討ちをやめ、生き続けろと言っても、聞き入れてはくれそうもない。

それに、ふたりを殺した者が生き続けていいかという疑問もある。それでも、純吉を守ってやりたかった。純吉が殺したふたりは自分の妻女を手込めにし、自害に追いやった卑劣な男なのだ。

新吾はあくまでも純吉を救う。そう心に決めていた。

翌朝、新吾は上屋敷に行き、詰所に顔をだして隆光に断ってから、橋場に行くために詰所を出た。

四半刻（三十分）後に、寮に着いた。

寮番夫婦に、手鞠がこの寮にやって来た時期を聞き、さらに手鞠が外出したことがなかったかを訊ねた。

その答えは、新吾の考えを裏付けるものだった。

それから、新吾は離れに行った。

深呼吸してから戸を開け、土間に入った。

「手鞠さん、宇津木新吾です」

新吾は障子の向こうの手鞠に声をかける。

「どうぞ」

手鞠の声がした。

「失礼します」

新吾は障子を開け、部屋に上がった。

手鞠は体を起こした。

「先生、約束の日より一日早くありませんか」

少し咎《とが》めるような口ぶりだった。

「手鞠さん、きょうはあなたに別の話があって来ました」

手鞠の近くに腰を下ろして切り出す。

「なんでしょうか」

手鞠は怪訝そうな目を向けた。

「あなたがここにやって来てから三月ぐらい経つようですね」

「はい、そのぐらいにはなりましょうか」

手鞠は答える。

「その頃はよく外出をしていたようですね」

「……」

「小助さんに誘われたそうですが、どこへ行かれたのですか」

「気晴らしに、散策です」

手鞠は目を背《そむ》けた。

「夜も出かけていたそうではありませんか」

「それは……」

手鞠はうろたえたように、

「いったい、どうしてそんな話を？」

と、逆にきいた。

「あることを確かめたいのです」

「あること？」

「下谷《したや》にある松江藩の上屋敷に出かけたことはありますか」

「……」

手鞠の表情が変わった。

「いかがですか」

「行ったことはありません」

声が震えを帯びていた。

「ほんとうに？」

「はい」

「おりんという女をご存じですね」

「知りません」

手鞠は強張った顔で言う。

「おりんという女は提げ重を持って、松江藩上屋敷の勤番長屋に行っているのです。そこで、正木仁太郎と金谷富十郎、そして天見鉄之介の三人と親しくなったのです」

「私には関係ない話です」

手鞠はつんと横を向いた。

「手鞠さん。あなたは純吉さんをご存じですね」

新吾は決めつけるように言う。

「そんなひと、知りません」

「たびたびここにやって来るのではありませんか」

「そんなひと、来ません」

「貸本屋の小助さんですよ」

「ここにやって来るのは小助さんだけです」

「小助さんは何のためにここに来るのですか」

「私が本を読むからです」

「それだけですか」

「そうです」

「小助さんとはいつからの付き合いですか」

「一年ぐらい前です。吉原も本を持って回っていましたから。私が病気になって出養生をはじめると、ここにも顔を出してくれるようになりました」

「貸本屋の小助とは偽りの名でじつは純吉という……」

「そんなこと、私は知りません」

手鞠は怒ったように言う。

「純吉さんのおかみさんは松江藩上屋敷の勤番侍に手込めにされて、そのことから首をくくって亡くなりました」

「……」

「その後、純吉さんの消息はわかりません。おそらく、復讐を計画し、機会を狙っていたのだと思います。そして、松江藩上屋敷の勤番長屋に堂々と出入り出来るように、純吉さんは貸本屋になり、小助と名乗ったのではないでしょうか」

「……」

新吾は手鞠の顔を見据え、

「あなたはその復讐に手を貸したのではありませんか」

「すみません。そんなお話を聞かされても困ります。どうぞ、お帰りください」

手鞠は叫ぶように言う。

「お聞きください。純吉さんは正木仁太郎と金谷富十郎のふたりを殺しました。油断をついて襲ったのです。でも、三人目の天見鉄之介はそうは行きません。すでに、事態を悟ったからです」

「……」

「天見鉄之介は貸本屋の小助の仕業だとすでに見抜き、近づいて来るのを待ち構えているはずです。それまでのふたりのように油断をつく戦法はききません。黴毒の症状も、他のふたりに比べたらはるかに軽いようです。これでは、天見鉄之介に純吉さんが勝てるはずないのです」

「……」

「これ以上は危険です。なんとか小助さん、いや純吉さんを説き伏せたいのです」

何か言いたそうに、手鞠は口を開きかけた。だが、すぐ口を閉ざした。

「ここまでで十分ではないでしょうか。おのぶさんだって、よくやったと草葉の陰で喜んでいるのではないでしょうか」

手鞠は俯いた。

「あなただって、純吉さんを死なせたくないでしょう」

「私は……」

手鞠は何か言いかけたが、あとが続かなかった。

「小助さんの住まいはどこですか」

「……」

「手鞠さん、教えてください」

新吾は語気強く言う。

「浅草阿部川町の浪右衛門店《なみえもんだな》だと聞いています」

「阿部川町の浪右衛門店ですね。もし、入れ違いで、小助さんが来たら、私が来たことを話し、これ以上の復讐をやめさせてください」

新吾は頼んでから立ち上がった。

新吾は橋場から今戸を経て花川戸を抜けた。手鞠は口では否定していたが、表情は真実を隠せはしなかった。

田原町を抜け、新堀《しんぼり》川沿いの阿部川町にやって来た。

惣菜屋の主人に場所を聞いて、浪右衛門店の長屋木戸を入った。

洗濯物を干していた小肥りの女に、新吾は声をかけた。

「すみません。貸本屋の小助さんの住まいはこちらでしょうか」

「あら、小助さん？」

女は目を見開き、

「そうですけど、もういませんよ」

と、あっさり答えた。

「いないとは？」

「昨日、引っ越して行きました」

「引っ越したのですか」

　新吾は思わずきき返した。

「どこへ行ったかわかりますか」

「仕事を世話してくれるひとがいて、上方に行くとか言ってました」

「上方に？」

「ええ。でも、なんだか小助さんの様子、妙でした」

「妙？」

「今生の別れみたいに、いつまでも元気にとひとりずつ挨拶をして」

「小助さんの住まいはどこですか」

「あそこです」

　斜め前を指さした。

　新吾は小助の住まいの腰高障子《こしだかしようじ》を開けて、土間に入った。部屋はがらんとしていた。部屋の隅に手作りらしい簡素な仏壇が忘れ去られたように置いてあった。

「小助さん、おかみさんの位牌を毎日拝んでいました」

　いっしょについてきた女が教えた。

「小助さんがここに引っ越してきたのはいつごろでしたか」

「確か、去年の秋ごろだったと思います」

純吉はおのぶの位牌に、毎日復讐を誓っていたのかもしれない。この場所から上屋敷までそれほど離れていない。

新吾ははっとした。小助がここを引き払ったということはすでに……。

新吾は急いで阿部川町から上屋敷に戻ってきた。

門を入ったときから、何となく騒然としているように感じた。天見鉄之介の部屋の辺りに数人が集まっていた。

新吾は不安を覚え、その人だかりに近寄った。その中に、田淵宗一郎がいた。

「田淵さま」

新吾は声をかけた。

「そなたか」

宗一郎は険しい表情をしていた。

「何かあったのでしょうか」

「天見が昨夜帰って来なかったのだ」

「えっ」

外泊など厳禁だ。だとすると、帰れない状況にあるということだ。

「きのう、貸本屋の小助は参りましたか」

「来た」

宗一郎が答える。

「来たのですね」

鉄之介は小助に誘《おび》き出されたのに違いない。

「どこに行ったのかわかりませんか」

「わからぬ」

宗一郎は突き放すように言う。

「田淵さまは小助が……」

新吾が口を開きかけたとき、門番が駆けてきた。

「今、浅草坂本《さかもと》町の自身番《じしんばん》から知らせがありました。光徳《こうとく》寺の裏手で天見さまらしき死体が見つかったと」

「なんですって」

新吾は目を剝《む》いた。

四

新堀川沿いにある坂本町を抜けると、寺が並んでいる。光徳寺は浅草田圃《たんぼ》に近い場所にあった。

新吾は宗一郎とともに光徳寺の裏手の雑木林に入って行った。町方の者が集まっている。宗一郎が同心に近付き、

「松江藩の者です。身元を改めさせていただきたい」

「どうぞ」

この界隈を縄張りとする岡っ引きが亡骸まで案内した。

木の葉の上にひとが横たわっていた。岡っ引きが筵《むしろ》をめくった。

「我が家中の天見鉄之介に間違いない」

宗一郎が呟くように言う。

新吾は合掌してから、鉄之介の傷口を見た。やはり、心ノ臓に匕首で突き刺した跡があった。

仁太郎と富十郎の傷とほぼ同じだ。だが、なぜ、警戒していたはずの鉄之介がむざ

むざとやられたのだろうか。

　黴毒の症状が出て、不意を突かれて避けられなかったのだろうか。体を調べたが、しこりや痣などはほとんどなかった。

　感染したものの治癒したのか、仁太郎と富十郎とは明らかに症状は異なった。鉄之介は治ったと言っていたが、やはりほんとうのことを言っていたのかもしれない。

「刀は？」

　新吾は岡っ引きにきいた。

「抜き身が向こうに落ちていました」

「刀を抜いたのですか」

　新吾は首を傾げ、もう一度、傷を調べた。すると、脾腹の傷におやっと思った。傷口が長い。刺したあと、横に刃を引いたようだ。

　仁太郎などの傷は刺し傷だったが、この脾腹の傷だけが斬ったように横に裂けている。鉄之介が刀を抜いたために純吉はあわてたのか。

　しかし、鉄之介が小助に油断をしたとは思えない。

　あっと新吾は声を上げそうになった。鉄之介がむざむざと殺られるはずはない。小助も傷を負ったのかもしれない。

「刀はどこにありますか」

新吾は岡っ引きにきいた。

「ここです」

刀は落ちていた場所に置いてあった。

新吾は鉄之介の刀を手にし、刃を調べた。だが、血は付着していなかった。

新吾は屋敷に戻るという宗一郎とともにその場を離れた。

「天見さまは十分に警戒をしていたはずです。それなのに、なぜ襲撃を防げなかったのでしょうか」

「わからぬ。だが、黴毒で反応が鈍くなっていたのではないのか」

宗一郎は思い詰めたような目で言う。

「体を調べましたが、黴毒はそれほどひどくなかったように思えます。二日前にお会いしたとき、熱っぽいようでしたが、たいしたことではなかったはずです」

「……」

ふたりは新堀川に出た。新吾は立ち止まって、

「田淵さまは、おのぶの亭主が純吉といい、貸本屋の小助に化けていたことをご存じでしたか」

と、いきなりきいた。

「なんだ、出し抜けに」

宗一郎は眉根を寄せた。

「いかがですか」

「そのほうは、なぜ、おのぶを知っているのだ？」

「田淵さまに教えていただきました」

「なに、俺が？　冗談はよせ」

宗一郎が口を歪めた。

「いえ、冗談ではありません。一度、田淵さまが浅草の諏訪町の荒物屋に入って行くのをお見かけしたのです。お町さんを訪ねたのでしたね」

「……」

宗一郎が険しい表情になった。

「そのことを聞いて、私も田淵さまが訪ねたあとに、お町さんを訪ねました。そこで、おのぶさんのことを聞きました」

「そうか。そこまでしたのか」

宗一郎はため息をついた。

「はい。おのぶさんに何があったのかお聞きし、すべてわかったような気がしました。亭主の純吉の復讐に違いないと」

「……」

「天見さまも、この件はご存じでしたか」

「正木に続き金谷まで殺されたあと、天見はおのぶのことを思い浮かべ、『清かわ』に行き、おのぶのことを調べた。それで、貸本屋の小助が純吉だとわかったようだ」

「田淵さまは？」

「俺は去年の春、天見ら三人が『清かわ』でおのぶを手込めにしたらしいという噂を耳にしていた。それを思い出して『清かわ』に行った。そこで、おのぶが首をくったことを知った……」

　宗一郎はやりきれないように、

「それで、亭主のことを知りたくて、おのぶの同輩だったお町の住まいを聞いて、諏訪町を訪ねたのだ」

「田淵さまも、一連の下手人は小助だと気づいたのですね」

「正木も金谷も、貸本屋の小助なら疑いもせずにのこのついて行くだろうと思った」

「きのう、小助が天見さまの前に現れ、おりんの居場所がわかったと誘ったのですね」

「そうだ。天見は最初から小助こと純吉を斬る気で約束の場所に行ったのだろう」

「それなのに、なぜ天見さまは純吉に殺られたのでしょうか」

「わからぬ」

宗一郎は憤然と言い、

「俺は組頭さまに知らせに行かねばならない」

と、新吾を置き去りにするようにさっさと急ぎ足になった。


新吾は橋場に向かった。

再び、手鞠の離れにやって来た。

「先生……」

手鞠は目を見張った。

「手鞠さん、純吉さんが来ましたね」

「……」

「怪我をしていませんか」

手鞠は困惑した顔をした。

「どうなんですか」

「奥の部屋です」

新吾は廊下に出て奥の部屋に向かった。

「失礼します」

障子を開けると、薄暗い部屋で、小助がふとんの上で横たわっていた。

「小助さん」

新吾は駆け寄った。

「あっ、宇津木先生」

小助は苦しそうだった。

「あなたは純吉さんですね」

小助は頷いた。

額に手をやる。高熱だ。

新吾は小助の腹を見た。自分で巻いたのだろう、晒が血で赤く染まっていた。いったん止まっていた血がまた吹き出してきたようだ。

「先生」

手鞠が入ってきた。

「小助さんを助けて」

手鞠が悲鳴のように訴える。

「手鞠さん、母屋まで歩けますか」

「はい」

「留吉さんたちに来てもらってください。それから、お湯を沸かしてもらってください。あとお酒と晒を」

留吉夫婦がやって来て、手伝ってもらいながら応急の手当てを済ませた。小助の様子はさっきより落ち着いていた。しかし、傷はかなり深かった。

「留吉さん、使いを頼まれていただけませんか」

「へい、なんなりと」

「深川常盤町にある村松幻宗先生の施療院まで手紙を届けていただきたいのです。遠方で、恐縮なのですが」

「なあに、深川なんてひとっ走りです」

留吉は胸を叩いて請け合った。

筆と硯《すずり》を借り、新吾は幻宗宛に手助けを求めた。外科施術はまだ新吾には荷が重かった。幻宗による傷口の縫合に何度か立ち合ったが、まだ実際に針を持ったことはない。また、ここに施術の道具もなかった。

書き終えた手紙を留吉に渡し、

「ここに幻宗先生に来ていただきたいと書いてあります。もし、来られるということであれば、ここまで案内してあげていただけますか」

「わかりました。では、さっそく」

留吉が立ち上がった。

「先生」

小助は薄目を開け、

「私を助けるのは無駄です。どうせ、死ななきゃならない……」

苦しい息づかいで、小助が言う。

「何も考えないで。自分がどうのこうのは関係なく、今は傷を治すことだけを考えてください」

新吾は声をかけた。

「先生」

何か言いたげだったが、小助は口を半開きにしたまま新吾を見つめていた。

「私はこれから薬をとりに行ってきます」

あとを手鞠と留吉の妻女に任せ、新吾は離れを出た。

新吾は松江藩上屋敷に戻り、詰所から薬籠を持ってすぐ上屋敷を出た。

勤番長屋に沿って歩いていると、長屋の連子窓からの視線を感じた。田淵宗一郎の部屋のようだった。

新吾は『大楠楼』の寮に戻り、離れに行った。

「いかがですか」

付き添っていた手鞠にきいた。

「はい。苦しそうです」

「あなたのほうはいかがですか」

「ええ、なんとか」

気が張っていて、体のだるさを忘れているのだろう。

小助がうめき声を上げた。

「痛むのでしょう」

「純吉さん、だいじょうぶでしょうか」

手鞠がきいた。

「心配いりません。私の師の幻宗先生が駆けつけてくれるはずです」

新吾は安心させるように言い、

「小助さん。薬をつけますから」

と小助に声をかけ、着物をはだける。

小助の瞼《まぶた》が僅かに動いた。

また晒が赤く染まっていた。新吾は熱い湯に浸した布を絞って傷の周囲をきれいに拭き取る。桶の湯はまたたく間に赤く染まった。

止血薬を塗った布を貼り、晒で巻く。

幻宗の到着までまだ間がある。早く縫合しなければ傷口がさらに開く。手当てがすみ、新吾は手を洗った。

これだけの傷であれば、刀の刃に血がついているはずだ。なぜ、鉄之介の刀に血がついてなかったのか。

それから半刻後、棚橋三升とおしんがやって来た。

「三升さん、おしんさん、来てくれたのですか」

新吾は喜んだ。

「すみません。幻宗先生は急患で手が放せないのです。終り次第、駆けつけるそうです」

三升が心苦しそうに言う。

「そうですか」

新吾は落胆した。

「新吾先生、縫合施術をしてください」

おしんが気負ったように言う。

「糸と針をお持ちしました。幻宗先生は宇津木先生にやらせろと」

三升も施術を勧めた。

「えっ、私にですか」

「はい。何度か施術を見ているから、だいじょうぶだと仰っていました。鎮痛剤もお持ちしました」

呻いている小助を見て、早く手を打たねば拙いと思った。あれこれ考えている余裕はない。

「三升さん、お願い出来ますか」

「はい」

新吾は幻宗の施術を見て得たことを自分の手でためすことになった。

新吾は小助に幻宗が調合した鎮痛薬を飲ませた。紀伊《きい》の医者華岡清州《はなおかせいしゅう》から『通仙《つうさん》散《せん》』という麻酔剤を作るために調合する薬草を教わり、それをもとに幻宗が新しく作った麻酔剤だ。

それから、手鞠に手燭《てしょく》の明かりを傷口に近づけさせ、液で傷口の周囲を拭く。小助が暴れそうになった。三升と留吉が小助の肩と足を必死に押さえつける。

おしんが糸を通した小針を新吾に寄越した。新吾は縫合をはじめた。針が食い込み、腹から抜けるたびに小助の体が微かに痙攣《けいれん》したが、激しく暴れることはなかった。幻宗が考え出した鎮痛剤がきいているのだ。

縫合を終え、傷口に薬を塗り、晒を巻く。外はすっかり暗くなっていた。

棚橋三升とおしんが引き上げて行った。

五

幻宗がやって来たのはその夜、遅くだった。

「先生。すみません」

新吾は出迎えて言う。

「施術はしたか」

「はい。お調べください」

新吾は頼む。

「うむ」

幻宗を小助が寝ている部屋に案内した。

小助は苦しげな顔をして寝ていたが、荒い息は収まっていた。

幻宗は施術跡を見た。入念に確かめ、薬を貼り替えた。

「上等だ」

幻宗の言葉に、新吾はほっとした。

「予後を注意すれば問題はない。新吾、よくやった」

「ありがとうございます」

幻宗は患者が何者であるか訊ねようとしなかった。医者は目の前にいる患者を助けるのが使命だという考えであり、患者が誰かは関係ないのだ。

だが、新吾は別間に移ってから、あえて患者のことを話した。

「貸本屋の小助と名乗っていましたが、実の名は純吉と言います」

妻女が手込めにされて自害し、その復讐のために松江藩の三人の侍を殺したと話した。

「三人目の仇を討ちながら、自身も傷を負ったのです」

「……」

「本人は復讐をなし遂げ、自害する気でいたようですが……」

「傷が癒えたあと、どうするのだ？」

「逃がそうと思います」

「ひとを三人殺しているのにか」

「……」

「逃げても、三人を殺した罪の深さからは逃れられぬ。生涯、苦しみを背負って生きていくことになる」

「では、どうしたら？」

「仏門に入り、死者を弔《とむら》って生きるか。あるいは、裁きを受けさせるかだ。ただ、死なせてはならぬ。自ら命を絶つのは逃げだ」

「はい」

「今夜はわしが付き添う。そなたは帰れ」

「先生にそんなことはさせられません」

「いい。この時間に深川までは遠すぎる。だが、そなたには待っている者がいるのだ。

明日、そなたがやって来てから引き上げる。施療院のほうは心配ない。三升もずいぶんたくましくなったからな」

幻宗は慈愛に満ちた目をくれて、

「新吾、ご苦労だった。小助を必死で助けたことはわしにとっても誇りだ」

「先生、もったいないお言葉」

新吾は深々と頭を下げた。


翌朝、新吾は松江藩上屋敷に顔を出して、すぐ小助のところに向かった。

離れの奥の部屋に行くと、小助は安らかな寝息を立てていた。傍らに、幻宗が付き添っていた。

「さっき薬を塗った。心配はいらぬ」

「はい」

「では、わしは引き上げる」

幻宗は立ち上がった。

「先生、ありがとうございました」

手鞠が額を畳につけて言う。

「礼は新吾に言うのだ」

「先生……」

新吾は何か言おうとしたが声が出なかった。

「よい。では」

幻宗を戸口まで見送り、新吾は小助のところに戻った。

「先生、ありがとうございました」

手鞠が改めて新吾に言う。

「まだ、しばらくは安静にしていなければなりませんが、もう心配はいりません」

新吾は小助の寝顔を見て言う。

「はい」

手鞠は安心したように頷いた。

それから、新吾は上屋敷に戻り、昼過ぎに日本橋小舟町の家に帰り、三軒の往診を済ませ、夕方になって刀を差して家を出た。

橋場の寮についたとき、辺りは薄暗くなっていた。新吾が離れに行くと、小助は眠っていて、傍らで手鞠が看病をしていた。

気が張っているせいか、手鞠は自分の体のだるさを忘れたように純吉の看病を続けた。

新吾は傷口を見た。問題はなかった。傷口の周囲を拭き、薬をつけた。

「手鞠さん」

新吾は手鞠に声をかけた。

「お話があります。向こうに、よろしいでしょうか」

「わかりました」

新吾は手鞠を別間に誘った。手鞠が寝ていた部屋だ。

そこで差し向かいになって、新吾は切り出した。

「手鞠さん。正直に話していただけますね」

「はい」

覚悟を決めたように、手鞠は応じた。

「あなたがおりんさんですね」

いきなり新吾は核心に触れた。

「そうです。小助さんはおかみさんの復讐のために貸本屋になって去年の秋ごろから松江藩上屋敷に出入りをしていました。まだ、仇の三人は出府していませんでしたが、信用を得るために出入りをしていたのです。小助さんは疑われないために吉原でも商売をしていました。私も貸本屋の小助さんから本を借りるようになりました」

手鞠は隠すことなく打ち明ける。

「私は今年になって黴毒に罹り、症状がひどくなって、ここに出養生することになったのですが、小助さんはここまで本を持ってきてくれました」

手鞠は目を細め、

「あるとき、前々から小助さんのふと見せる寂しさが気になっていたので訊ねたのです。小助さんは打ち明けてくれました。おかみさんの復讐をするのだと。でも、相手の三人は松江藩の国元の剣術道場で松江の三剣客といわれる侍だから油断をついてもひとり斃せるかどうかだが、それでも仇を討つのだと悲壮な覚悟で言ってました。私は自分の先を見切っていましたから、手を貸しますと申し入れたのです」

新吾は自分の想像と大きく違っていないと思った。

「三人は女好きだそうですから、私の黴毒を三人に伝染す。黴毒が体を冒せば、全身がだるくなり、いくら剣客でも注意が散漫になって隙が出ると思いました」

「じっくり、時間をかけての復讐だったのですね」

「はい。三人が出府するのを待って、提げ重の女としてお饅頭を売るという名目で勤番長屋に入りました。その前に、提げ重の女は売笑をするということを小助さんが三人の耳に入れておいたのです。でも、さすがに勤番長屋では何も出来ないので今戸にある空き家にひとりずつ誘い込んで……」

手鞠はあとの言葉を呑んだ。

吉原の大見世の花魁だけあって妖艶な提げ重の女であったろう。三人はたちまち罠に落ちたのだ。

「あなたが黴毒の治療を拒んだのは、復讐に加担したという負目があるからではないのですか」

「それもありますが、客をとる暮らしがいやになったのもほんとうです」

「でも、復讐に加担したのでなければ治療を受けたのではありませんか」

「……」

「わかりました。今は小助さんが快癒するまで看病することが先決です」

「はい」

「では、私は引き上げます。また、明日の朝、様子を見に来ます」

「ありがとうございました」

手鞠の見送りを受けて、新吾は離れを出た。

母屋の脇を通り、門に向かったとき、塀際に黒い影が動いたような気がし、目をむけた。

気のせいだったか。新吾は思い直して門に向かった。

ふと、天野鉄之介の刃に血がついていなかったことを思いだした。小助の傷は鉄之介の刀によるものではなかったのだろうか。

鉄之介が最初に受けたと思われる脾腹の傷は匕首の傷にしては妙な感じがした。鉄之介の他の傷は匕首によるものだ。

新吾の頭の中はめまぐるしく動いた。そして、はっとした。

今の影……。

新吾はあわてて踵を返した。そのとき、女の悲鳴が聞こえた。手鞠の声だ。

新吾は離れの戸を開け、小助が寝ている部屋に飛び込んだ。

黒い布で顔をおおった侍が小助の胸を刀で突き刺そうとしていた。

「待て」

新吾は抜刀して迫った。

侍が動きを止め、さっと離れた。小助の枕元で手鞠が怯えていた。

相手が斬りかかってきた。新吾がその剣を弾く隙に、相手は部屋を飛び出した。新吾は追い掛ける。

庭に出て、新吾は追いついた。侍が振り向いて剣を向けた。

「田淵さまですね」

新吾は鋭くきく。

「やはり、気づいていたか」

「さっき気づきました。用心深かった天見さまが、なぜ殺されたのか。天見さまの刀の刃に血糊はなかった。では、小助さんの傷は誰にやられたのか」

新吾は正眼に構え、一歩前に出た。

「なぜ、ですか。なぜ、天見さまを？」

「小助への同情だ。天見はすべて見抜いて小助の誘いに乗って光徳寺の裏に行った。天見はそこで小助に刃を向けた。小助は斬られる寸前だった。だが、小助に仇を討たせてやりたくて、天見の油断をついて俺が脇差しで天見の脾腹を斬った。そのあと、小助は匕首で天見を刺して仇を討った」

「それなのに、なぜ小助を斬ったのですか」

「命令だからだ。三人を殺した下手人を斬り捨てる。それが、組頭さまの命令だ。だから、今度は俺が三人の仇を討つために小助に刃を向けた。脾腹を斬っただけで、あとはひとの声がして、それ以上の攻撃は出来なかった。だが、あの手傷ではいずれ果てるだろうと思った。まさか、そなたが治療していたとは……」

　宗一郎が間合いを詰めてきた。

「田淵さま、無益な闘いです。刀を引いてください」

　新吾は説き伏せる。

「俺は役目を果たさねばならぬのだ」

「小助さんの口を恐れているのですね。あなたが天見さまに第一撃を与えたことを喋られると？」

「……」

「やはり、そうですか。ご安心ください。小助さんは絶対そのことを口にしませんよ。手を貸していただいたわけですからね」

「……」

「田淵さま、お役目を果たさねばどうなるのですか。そのお役目は殿もご存じなのですか。組頭さまだけの考えかもしれませんよ」

「なに？」

「おそらく、組頭さまは三人の不祥事の監督責任を問われるのを恐れ、事件を密かに始末しようとしたのです。自分だけの考えではありませんか。そんな命令に従わなくても、田淵さまに影響はないはずです。さあ、刀を引いてください」

「……」

「田淵さま。あなたはただ組頭さまの保身に利用されただけになりますよ」

新吾はあえて口にした。

「私はこれまで何度か賊に襲われました。その賊の中に家中の者がいました。丸川新太郎さまです。丸川さまは組頭さまとつるんでいます。あの組頭さまは何らかの理由で私を亡き者にせんと刺客を送っていたのです」

「そなたが襲われたというのはまことか」

「まことです」

「そうか」

「田淵さま、何か心当たりがあるのですか」

「宇津木どの」

宗一郎は刀を引いた。

「小助のことは頼んだ」

そう言うや、宗一郎は一目散に門に向かって行った。

ふつか後の朝、新吾は小助の寝ている部屋に行った。

小助は口がきけるほどに回復していた。傷口を調べたあと、小助は口を開いた。

「先生、私は三人を殺したのです。それで、のうのうと生きて行く図太さは持ち合わせていません。最初から復讐がなったら死ぬつもりでした。治療をしていただいた恩を仇で返すようですが、無駄な労力でした」

傍らで、手鞠が俯いている。

「確かに、あなたは三人を殺しました。でも、その罪を受けずに死を選ぶのはずるくありませんか」

「えっ？」

小助は意外そうな顔をした。

「あなたには止むに止まれぬ事情から三人を殺したのです。その事情がわからないままでは、亡くなった三人に近しいひとたちは気持ちの踏ん切りがつかないはずです。そうは思いませんか」

「……」

「死んではいけません。死ぬのは卑怯です」

「でも」

「あなたは裁きを受けるべきです。なぜ、このようなことをしなければならなかったかを奉行所のお白州《しらす》で訴えるのです」

「……」

「おかみにも情けはあります。おそらく、恩赦があれば江戸に帰れる遠島になるのではないかということです」

津久井半兵衛に相談をしたのだ。三人を殺したとしても情状は十分に考慮されるということだった。

「三年先か五年先か、あるいは十年先かわかりません。でも、いつか江戸に戻ってこられます」

「先生」

「手鞠さん。あなたも黴毒の治療をし、お店に戻ってください。辛い日々を過ごすことになるでしょうが、年季明けを待つのです。そのころ、小助さんも恩赦で帰ってくるでしょう。そしたら、ふたりで新しい生き方を見つけたらいかがですか」

「でも、私だって小助さんに手を貸しています」

「いえ。その証はありません。確かに提げ重の女が現れたかもしれませんが、その女がどこにいるのかわからないのです。復讐に関わっていたかどうかもわかりません。

いいえ、小助さんが否定すればなかったことになります」

手鞠が復讐に手を貸したことはなかったことにする話は半兵衛とついていた。

「いかがですか」

新吾は小助と手鞠の顔を交互に見た。

「お亡くなりになったおのぶさんだって、きっと喜んでくれると思います」

新吾は手鞠に顔を向け、

「手鞠さん。きょうからでも黴毒の治療を受けていただけますか」

「はい」

手鞠は涙を浮かべて頷いた。

「小助さんもよろしいですね」

「先生、よろしくお願いいたします」

小助も涙声になっていた。

「では、私はいったん上屋敷に行かねばなりません。夕方、また参ります」

そう言い、新吾は離れを出て行った。

これから嘉明公との接見がある。三人が殺された事件の始末について相談し、さらに新吾が襲われた件についての話があるはずだった。

新吾は身を引き締めて松江藩上屋敷の門をくぐった。

本作品は書き下ろしです。

双葉文庫

こ-02-24

蘭方医《らんぽうい》・宇津木新吾《うつぎしんご》
売笑《ばいしょう》

2018年3月18日　第1刷発行

【著者】
小杉健治《こすぎけんじ》

【発行者】
稲垣潔

【発行所】
株式会社双葉社
〒162-8540 東京都新宿区東五軒町3番28号
［電話］03-5261-4818(営業)　03-5261-4840(編集)
www.futabasha.co.jp
(双葉社の書籍・コミックが買えます)

【印刷所】
大日本印刷株式会社

【製本所】
大日本印刷株式会社

【CTP】
株式会社ビーワークス

【表紙・扉絵】南伸坊
【フォーマット・デザイン】日下潤一
【フォーマットデジタル印字】恒和プロセス

落丁・乱丁の場合は送料双葉社負担でお取り替えいたします。
「製作部」宛にお送りください。
ただし、古書店で購入したものについてはお取り替えできません。
［電話］03-5261-4822(製作部)

ISBN978-4-575-66877-3 C0193
Printed in Japan